# 노년의 해피 꿈

# 노년의 해피 꿈

발행일    2025년 6월 4일

지은이    고을주
펴낸이    손형국
펴낸곳    (주)북랩
편집인    선일영              편집    김현아, 배진용, 김다빈, 김부경
디자인    이현수, 김민하, 임진형, 안유경, 신혜림    제작    박기성, 구성우, 이창영, 배상진
마케팅    김회란, 박진관
출판등록  2004. 12. 1(제2012-000051호)
주소      서울특별시 금천구 가산디지털 1로 168, 우림라이온스밸리 B동 B111호, B113~115호
홈페이지  www.book.co.kr
전화번호  (02)2026-5777              팩스    (02)3159-9637

ISBN    979-11-7224-662-4  03810(종이책)        979-11-7224-663-1  0581 (전자책)

퇴직자와 노인들의 생활 지침서

# 노년의 해피 꿈

고을주 지음

북랩

# 책머리에

오늘날 의학의 발달로 삶의 질이 좋아지자, 노령 인구가 급속도로 증가하고 있다. 사람의 수명이 늘어나는 것은 축복받아 마땅할 일이지만 모두가 그렇게 생각하지는 않을 것이다. 나이를 먹을수록 행복도 비례해서 더 많이 누려야 하는데, 죽지 못해 산다면 무슨 소용이 있겠는가. 세월은 우리를 기다려 주지 않고 살처럼 흘러가는데, 병든 육신과 피폐해진 영혼을 이끌고 죽지 못해 하루하루를 연명한다면 아무런 의미가 없을 것이다.

우리는 죽음을 예약해 놓고 안식처로 달려가고 있다. 우리는 그때가 언제인지 정확하게 알고 있는 사람이 아무도 없다. 얼마만큼 살다 가야 하는지, 아니면 원하는 만큼은 행복하게 살 수 있을 것인지 그 누구도 모른다. 분명히 예약은 하였지만 언제, 어느 때, 어떻게 돌아가겠다고 기약하지 않았기에 우리는 오늘도 또 내일도 의연하게 기다리면서 보람차게 살아야 한다.

우리는 몇십 년을 재직한 직장에서 퇴직하였다. 그러나 아직도 청춘이고, 인생은 많이 남아 있다. 그렇다면 무의미하게 세월을 보내선 안 된다. 이번에는 기반이 튼튼한 토대 위에서 때깔 나게 남은 인생을 설계해 보자. 예견할 수는 없지만, 죽음이 그다지 멀지 않은데 노후를 행복하게 보내다가 웃으면서 가족의 전송을 받아야 하지 않겠는가.

우리가 죽고 난 후 어떻게 살아왔는지 눈 위의 발자취처럼 선명하게 남는다. 그렇기에 허투루 살 수 없다. 내가 어떤 삶을 살았는지 일목요연하게 드러나 남아 있는 가족들을 기쁘게도 하고 또한 슬프게도 하는데, 어떻게 무의미하게 살 수 있겠는가. 내가 죽으면서까지 가족에게 짐을 지우는 것은 천부당만부당하다.

우리는 태어날 때부터 선인으로, 또는 악인으로 정해져서 태어나지 않았다. 먹고살기 위해 때와 장소에 따라, 혹은 내 위치에 따라 천사도 되었을 것이고 또 악역도 자처했을 것이다. 우리는 그렇게 살아온 사람들을 잘못 살았노라고 가혹하게 비난할 수는 없다. 이 세상 어느 누구라도 그 사람의 처지가 되었다면 나는 그렇게 살지 않았을 것이라고 호언장담할 수 있겠는가. 그렇지만 이젠 세월이 흘러 황혼 녘으로 접어들었다. 숨 가쁘게 달려온 평생의 짐을 후련하게 내려놓을 때가 되었다. 삶은 어떻게 살아왔느냐에 따라 칭송도 받고 비난도 받는다. 악한 마음으로 나쁜 길을 걸어온 사람은 업보가 쉽게 끝나지 않고, 돌고 돌아서 내게로 온다는 것을 잊지 말아야 한다.

지금까지 살아온 날들을 반추해 보고, 잘못한 것은 속죄하면서 남은 인생을 어떻게 살아야 아름다운 노후를 보낼 수 있는지 심사숙고해 보자. 퇴직은 두 번째 삶의 출발점이다. 우리의 남은 인생을, 햇볕 쏟아지는 양지를 지향한다면 배우고, 노력하고, 또 자신을 가꾸어야 할 것이다. 지난날을 생각하면서 시행착오나 잘못된 점은 고쳐나가야 한다. 살아갈 날이 살아온 날보다 훨씬 짧지만, 알차고 보람 있게 마무리하는 것이 우리 노인들이 할 일이다.

이젠 먹고살기 위해 돈을 벌지 않아도 된다. 내 인생 대미를 장식한다는 각오로 어깨 으쓱거리면서 하고 싶은 것 하고, 먹고 싶은 것 먹으면서 당당하게 살자. 그리고 내 영혼을 살찌우자. 육신의 배고픔보다 영혼의 굶주림이 더 무서운 것이다. 행복과 불행은 남이 주는 것이 아니다. 우리 스스로가 만드는 것이다. 퇴직하였어도 남은 노후를 알차게 보낸다면 얼마든지 멋진 삶을 영위할 수 있다. 남은 인생, 모든 짐 내려놓고 마음 넉넉하게 그리고 편안하게 살자. 우리가 죽고 난 후 가족이나 지인들이 오래도록 그리워하는 그런 사람이 되자. 북풍한설이 지나야 봄이 오고, 비가 와야 땅도 굳어지고 무지개가 피어나는 것이다. 우리가 퇴직은 하였지만, 경험과 지혜를 살려 반백수가 되어야 한다. 가진 것 없이 살을 에일 것 같은 차가운 세상도 맨주먹으로 헤쳐 왔는데, 뭐가 두렵고 어려운 것이 있겠는가. 죽음 저편에서 살아 돌아온 사람은 아무도 없고 또한 죽음을 비켜 가는 사람도 없다. 우리는 많이 보고 들어서 기시감이 있고 또한 삶의 지혜도 가득한데, 노후를 초연하게 보내야 하지 않겠는가.

수십 성상을 살아오면서 터득한 생활의 지혜를 우리 노인들이 모두 알고 있지만, 한 번 더 되새김하면 좋겠다는 마음으로 아내의 조언을 받아 집필하였다. 혹시 노인들에게 마음에 상처를 주지 않을까 싶어 고심하다가 출간하였으니, 취사선택을 바란다. 이 책은 퇴직하고 노후를 안락하게 보내려는 노인들이 읽었으면 한다. 그것도 부부가 함께 정독한다면 더 없는 즐거움을 줄 것이다. 남은 생에 조금이라도 도움이 되었으면 하는 마음 간절하다.


乙巳年 5월 淸淡 高乙柱 拜上

# 차례

## 제2장
### 부부 사랑이 최고의 행복이다

# 제3장
## 행복한 삶은 내가 만든다

# 제4장

## 마음을 비우는 것이 노후의 행복이다

# 제1장

# 인생의 황금기는 예순부터다

날마다 보람차게 노후를 건강하게

# 제2의 인생을 살아야 한다

사람이 태어나서 한평생 살다 보면 예기치 않는 일도 겪지만, 자연스럽게 환경 변화도 찾아온다. 즉, 사람이 살다 보면, 좋은 일이건 궂은일이건 몇 번은 희로애락을 겪는다는 것이다. 예를 들자면, 연로하신 부모님이 돌아가실 수도 있고, 본인이 반려자를 맞이하여 자식을 두기도 한다. 또한 취업이나 사업, 자영업을 시작하는 등 사회생활을 하면서 굵직한 일들을 많이 겪었을 것이다. 그것은 우리 삶의 긴 여정에 첫 번째 삶이라 할 수 있다.

필자가 말하는 제2의 인생이란 나이가 들어 현업에서 은퇴한 후를 말한다. 자영업이나 사업을 하는 사람은 고희가 넘어도 업장을 경영하지만, 회사에 다녔거나 공직에 근무한 사람들은 대부분 예순이 넘으면 퇴직한다. 공직이나 직장에서 퇴직할 때는 몸도 마음도 지쳐 쉬고 싶겠지만, 세월이 조금 지나면 그런 마음은 오래가지 못한다. 이때쯤 되면 우리 나이는 사회에서 일컫는 고령자에 진입한다. 자의건 타의건 간에, 손에서 일을 놓고 물러나면 갑자기 패턴이 바뀌기 때문에 쉽게 적응하지 못하는 사람이 의외로 많다. 어떤 퇴직자는 사람을 피하면서 두문불출하고, 또 어떤 사람은 우울증이나 실의에 빠져 중심을 못 잡기도 한다. 특히 공직자나 회사에 다니던 사람들이 퇴직하고 나면 심적으로 안정이 되지 않아 방황하는 경우를 더러 보았다.

우리가 현업에서 물러나는 시기가 바로 두 번째 인생의 출발점이다. 그것도 현재까지의 모든 기반이나 터전을 버리고 생소한 삶에 부딪혀야 하니, 마음을 굳게 먹어도 조금은 난감할 것이다. 물론 그동안 열심히 살아왔기에 의식주 걱정은 없겠지만, 무위도식한다면 남아 있는 삶이 무슨 의미가 있겠는가. 요즘에는 의학 발달로 사람의 수명이 늘어나서 퇴직 후라도 가뿐히 2~30년은 더 살 수 있다. 의기소침해 있거나 아직도 청춘이라 자찬하면서 무모하게 뜬구름 잡으러 갈 수는 없는 것이다. 그렇다면 어떻게 해야 알차고 또 보람 있게 남은 내 인생을 가꿀 것인가. 특히 회사나 공직 생활을 한 사람은 일찍 퇴직하기에 아직도 많이 남아 있는 삶을 유익하게 보내려면 제2의 인생 설계를 철저히 해야 한다. 회사나 공직 생활을 한 사람들은 자기가 맡은 분야에서는 박사지만, 사회 물정을 잘 모르기에 퇴직 후 인생 설계가 난감하지 않을 수 없다. 그래서 필자는 징검다리도 두드려 보고 건너라는 말이 있듯이, 안전하게 제2의 삶을 설계할 수 있도록 조언하고 싶다. 그것도 투자를 많이 하는 장대한 계획보다는 여생을 즐기는 방향으로 선택하는 것이 좋다고 생각한다.

첫 번째는 다른 무엇을 해 보겠다고 계획을 세웠으면 절대로 주먹구구식으로 덤벼들지 않아야 한다. 그 업종에 대하여 현업에 종사하는 사람이나 전문가에게 반드시 조언을 구하고, 하고자 하는 일을 확실하게 배워야 한다. 무슨 일이건 손대면 분명히 돈을 벌 것 같은데 마음대로 되지 않는 것이 비일비재하다. 그 업종에 종사하는 전문가도 고전을 면치 못하고 접는 경우가 많은데, 우리에게는 생소한 업종에 초보자인데 화려한 겉만 보고 뛰어들었다가는 1년도 가지 않아 투자금을 날리고 만다.

두 번째는 전 재산을 몰방하지 마라. 모든 재산을 투자하거나 빚내어 창업하는 것은 어리석은 짓이다. 어떤 직종을 선택하건 다 좋은데, 여윳돈으로 하라. 있는 돈도 모자라서 대출을 받아 투자하였다가 실패하면 만회할 길이 없어 가족 모두가 불행해진다. 퇴직금을 모두 쏟아붓고 빚내는 것은 절대 안 된다. 퇴직하면 감언이설로 꾀는 사람이 분명히 있을 것이다. 달콤한 말에 절대로 응하지 말고, 동업도 하면 안 된다.

세 번째는 재취업하라. 오랫동안 일하였던 전문 분야에 진출해도 좋고, 나라에서 구제하는 공공일자리도 많다. 보수는 많지 않지만 소일거리는 되고, 용돈도 벌 수 있다. 동병상련이라 그런 곳에서 일을 하면 친구도 사귈 수 있고, 무엇보다도 출근할 곳이 있어 행복하다. 그렇지 않으면 회사나 건물, 아파트 경비원을 해도 괜찮다. 요즘에는 그런 일 한다고 그 누구도 천하게 보지 않는다. 오히려 나이가 많아도 직장을 잡았다고 칭찬한다.

네 번째는 퇴직하거나 사업을 접으면 모든 경제권을 아내에게 주고, 재능 기부나 취미 활동을 하라. 대신 당분간은 통장을 함께 관리하는 것이 좋다. 간섭은 하지 않아도 큰돈의 흐름은 알아야 한다. 그것 외에는 절대 간섭하면 안 된다. 그러면 아내가 용돈과 세끼 밥은 따뜻하게 대접할 것이다.

# 경쟁의식을 버려라

　우리는 태어나기 위해 어머니 뱃속에서부터 무수한 경쟁 정자를 물리치고, 영광스럽게도 난자를 만나 출생하였다. 태어나서는 어렸을 때부터 경쟁하였다. 학교 다닐 때는 공부를 잘하여 상위 크래시에 들어야 부모나 선생님에게 귀여움을 받을 수 있었다. 직장 생활을 할 때도 위로 올라가기 위해 여러 사람과 무한 경쟁을 하였다. 결혼도 괜찮은 배우자를 만나려고 얼마나 노심초사하였던가. 지금 와서 지난날을 뒤돌아보니 총만 안 들었다뿐이지 전쟁터와 진배없었다.

　내 가정, 내 가족을 건사하려고 얼마나 버둥거렸던가. 때로는 어쩔 수 없이 마음에 없는 말로 아부도 하였고, 또 눈치가 없어 고통을 겪은 적도 있지 않았던가. 바른 것을 옳다고 떳떳하게 주장을 못 한 적도 있었고, 분명히 바른길이라 확신하고 강력하게 주장하였다가 상사의 의중과 맞지 않아 미운털이 박혀 매도당

할 때는 더러운 세상이라고 한탄하지 않았던가. 어느 때는 본의 아니게 동료와 척을 지게 되었고, 그 동료 보기가 부끄러워 고개를 들지 못할 때도 있었다. 아니, 선견지명이 없어 앞날을 내다보지 못한 자신이 원망스러워 아무도 없는 곳에서 눈물을 흘리지 않았던가. '부양가족만 없으면 다 때려 엎을 것인데' 생각한 적이 어디 한두 번이었던가. 되는 놈은 욕을 해도 잘되고, 안 되는 놈은 칭찬해도 안 된다는 말처럼 나는 왜 이렇게도 재수가 없는지 울분을 토하지 않았던가. 남들은 적당히 아부하면서 설렁설렁 직장 생활을 잘하는 것 같은데 나는 왜 이렇게도 안 풀리는지 비관할 때도 있었을 것이다. 이 사회의 탁한 물에서 올곧게 산다는 것은 처음부터 언감생심이었다. 지금 와서 뒤돌아보니 우리 노인들 세대는 회사를 경영하건, 직장에 다니건, 자영업을 하건, 다들 어렵게 세상을 살아왔다는 생각을 지울 수가 없다.

그렇다. 굴곡의 세월, 아픔의 과거를 뒤로한 채 이젠 현직에서 은퇴하였고, 나이도 먹을 만큼 먹었다. 언제 죽을지 모르고 또한 한물갔지만, 우리 자신마저 퇴물로 생각한다면 너무나 슬프지 않겠는가. 내 가정, 우리 사회를 내가 일궜는데 늙었다고 버림받고 퇴출당한다면 억울하지 않겠는가. 우리 노인들이 눈치 보지 말고 사람답게 떳떳하게 살아야 한다. 그렇다고 턱도 없이 똥고집을 부려서는 안 된다. 이젠 옳은 것도 옳다고 주장하지 말자. 그것이 옳은 것은 맞지만, 군이 내가 상대방과 대립하면서까지 쌍수를 들어 주장할 필요가 있겠는가. 옳으면 옳은 것이고 틀리면 틀린 것이지 내가 팻대 세워 내 사고방식을 관철할 필요가 있겠는가. 즉, 중용을 인용하자는 것이다. 우리가 지나온 과거를 뒤돌아볼 때 경쟁이 얼마나 사람 피를 말렸는지 지긋지긋하지 않았던가. 이젠 그렇게 숨 가쁘게 살아온 세월 내려놓고 마음 편안하게 살자. 재물은 바람 같은데 무엇을 더 가지려고 이 나이에 힘들게 경쟁해야 하는가. 옆집은 차가 무엇이고, 형, 동생, 지인은 몇 평 아파트에 사는데 우리는 아직도 싸구려 판잣집에 산다는 등 이런 것에 신경 쓰지 말자. 경쟁은 사회생활 할 때 하는 것이지 은퇴한 지금도 그 강박 관념에서 벗어나지 못한다면 결코 앞날이 행복하지 않고, 욕구 불만으로 자신이 서글퍼진다.

다른 사람이 배를 끌고 산으로 가건, 형제나 친척들이 돈이 많아 떵떵거리면서 살건, 옆집 사람이 별장을 사건 우리 부부는 우리 방식대로 살면 된다. 우리나라 사람은 경쟁을 붙여 놓으면 이기려고 별별 짓을 다 한다. 정당한 방법이면 수긍하겠지만, 대부분 부정한 방법으로 남을 이기려고 기를 쓴다. 가증스럽지만 정작 본인은 그것을 모른다. 결국은 관을 봐야 눈물을 흘리듯 끝에 가서야 뉘우치고 후회한다. 하지만 그때는 이미 늦은 것. 우리 나이 때는 다른 것을 생각하지 말자. 나이가 들었고 또한 현직에서 은퇴하였는데 뭘 더 바라고 경쟁하겠는가. 세끼 밥 먹는 것에 만족을 느끼고, 아내나 남편에게 최선을 다하자. 여유가 있으면 자식들 사는 모습 둘러보고 훈수 한번 한다면 족하지 않겠는가. 고급 자가용을 굴리지 않아도, 수십억 아파트에 살지 않아도 그저 끼니 걱정 안 하고 부부가 마음 맞춰 살면 그것이 바로 무릉도원에 사는 것이다. 늘그막에 절대 경쟁하지 말고, 겸손하게 살면서 마음을 비워라.

산다는 것은 누구에게나 어렵고도 쉬운 일이다. 우리 노인들은 자신만 생각하면 된다. 치열하게 살아남으려고 발버둥 칠 때를 생각한다면 지금은 어렵지 않을 것이다. 그러나 사람답게 사는 것은 쉬운 것이 아니다. 내가 전직이 무엇인데, 내가 돈을 얼마나 많이 벌었는데 등 과시하면서 허풍을 떨면 안 된다. 현재의 내 위치에서 품위나 긍지를 잃지 않고 언행을 바르게 하면 된다. 그리고 욕심을 부려서는 절대로 안 된다.

# 인생을 정리한다는
# 마음으로 살아라

우리가 수십 년 성상을 살아오면서 잘못한 일도 많았을 것이다. 고의건 과실이건 남에게 상처를 준 일도 더러 있지만, 그 당시로 되돌아갈 수가 없기에 가슴속에 담아 놓았다가 간혹 생각이 날 때면 조금은 후회하고 있을 것이다. 그렇지만 늘그막에 인생을 정리한다는 마음을 갖고 노력한다면 어느 정도 치유가 가능할 것이고, 죽을 때 마음이 가볍지 않겠는가.

우리는 신이 아니고 인간이기에 살아온 세월만큼 잘못한 일도 분명히 있었을 것이다. 본의 아니게 잘못을 저질러 상대방에게 고통을 주었거나 원성도 들었을 것이다. 필자도 회사 다닐 때 부하 직원을 나름대로 배려해 준다고 신경을 많이 썼다. 그런데 배려해 준 것이 오히려 그 사람을 괴롭히고 불편케 하였다는 것을 한참 후에 알고 마음이 아팠던 기억이 있다. 한마디로 말해서, 선의가 갑질로 나타난 것이다. 그 외에도 젊은 혈기에 동료들에게 심한 말도 했고, 친구와 주먹다짐을 한 적도 있었다. 내가 살아오면서 숱하게 만나고 스쳐 지나간 사람, 아니면 현재도 교류하는 사람에게 백번 잘하지는 않았을 것이다. 그런 사람, 이런 사람 늘그막에 찾아보고 술 한잔 나누면서 먼저 화해의 손을 내밀면 좋지 않겠는가. 술을 끊었으면 커피나 따뜻한 밥이라도 먹으면서 대화한다면, 마음에 짐도 털어 내고 편안할 것이다.

우리는 모두가 시한부 인생을 살아간다. 조금 이른 사람도 있을 것이고 조금 늦은 사람도 있겠지만, 죽지 않고 영원히 사는 사람은 아무도 없다. 세월은 덧없이 흐르고 인생은 무상한데, 이 나이에 무엇을 더 바랄 것이 있다고 바락바락 핏대 세우면서 살 필요가 있겠는가. 더 늦으면 가슴에 한을 품고 임종할 수 있다. 운명의 길목을 미리 알고 가는 사람은 아무도 없을 것이다. 하지만 뒤돌아보면 어떻게 걸어왔는지 모두 보인다. 아내에 대한 남편의 도리, 자식에 대한 부모의 도리, 부모에 대한 자식의 도리를 다하지 못해 필자는 은근히 가슴이 저민다. 답설가를 진작에 알았더라면, 아니, 조금만 더 일찍 깨달았다면 하는 아쉬움이 든다. 강산이 수차례나 바뀌도록 오래 살아온 우리다. 이제라도 마음을 비우고 아내와 남편을 비롯한 모든 사람에게 칭찬하면서 긍정적으로 살자. 아침 다르고 저녁 다른 것이 우리 늙은이 몸뚱이다. 살아간다는 것은 흙으로 돌아간다는 삶의 긴 여정이지만, 내 삶이 초라하다고 생각하면 안 된다. 그렇게 생각하면 내가 살아온 지난날들이 서글프고 의미가 퇴색해진다. 젊었을 적 우리들은 도태되지 않으려고 치열하게 사회생활을 하였다. 살기 위해 버둥거리다 보니 알게 모르게 잘못한 것이 많을 것이다. 잘못된 삶은 반드시 그 흔적이 남게 되는데, 우리는 애써 잊고 살아왔다. 하지만 기억의 저편에 숨어 있는 파편을 끄집어 내면 틀림없이 더러 있을 것이다. 그 흔적 속에는 선의의 피해자도 있을 것이고, 어쩔 수 없이 미워했던 사람도 있을 것이다. 내가 어둠을 노려보면 그 어둠도 나를 노려보고, 내가 상대방을 저주하면 상대방도 나를 미워한다는 말이 있다. 이젠 그런 사람, 이런 사람 만나서 풀어야 한다.

사람은 사람에 의해 평가를 받는다. 그 평가를 죽는 순간에 깨닫게 된다면 그때는 너무 늦다. 적어도 치료할 수 있는 시간은 가져야 한다. 그래야 만이 가슴에 묻어 놓고 있던 찜찜한 것을 털어 낼 수 있지 않겠는가. 인간관계뿐만 아니라 재산 관계도 마찬가지다. 재산이 많건 적건 정리를 하는 것이 좋다. 자녀들이 많으면 많은 대로, 적으면 적은 대로 상식적이고 합리적으로 처리하면 모두가 수긍할 것이다. 우리는 무책임하게 내가 죽고 난 뒤에 너희들이 알아서 하라는 말을 곧잘 한다. 이것은 아니다. 정신이 말짱하게 살아 있을 때 분배를 모두 해야 한다. 그래야 자녀들도 다툼이 없을 것이고, 형제 간에 의를 상하지 않을 것이다. 겉으로는 돈에 초연한 척하지만 견물생심이다. 또한 자녀들에게 딸린 식구들은 자녀들과 생각이 같을 수가 없다. 교통 정리를 하지 않고 부모가 죽으면 자녀들 간에 유산 문제로 다투는 것이 비일비재하다. 아들, 딸, 장남, 막둥이 구분하지 말자. 제사 지낼 사람, 현재 모시고 있는 자녀 등 차별하지 말고 한자리에 모여 앉아 합리적으로 처리하면 모두가 수긍할 것이다.

살아갈 날이 많지 않은 우리는 마음을 비우고 조용히 임종을 준비하는 것이 좋다. 그렇다고 바보처럼 안방 군수가 되어 우두망찰하게 세월을 보내라는 것이 아니다. 모든 것이 우리가 어렸을 시절과는 비교할 수 없을 정도로 많이 변하였고 또한 살기 좋은 세상이다. 얼마 남지 않은 삶인데 하루하루를 알차고 보람 있게 그리고 행복하게 살다가 영면해야 하지 않겠는가.

# 스트레스를 받지 마라

"지고 살아라. 이겨도 상처가 남는다."

어렸을 때 친구들과 싸우고 집에 오면 선친께서 하신 말씀인데, 그때는 그 뜻을 몰랐다. 스트레스가 왜 생기겠는가. 내가 남을 이기고 많이 가지려고 하는 분쟁과 욕심에서 발생한다. 하고 싶은 것 다 하고 살면 기분이 상쾌한데, 그렇게 못 하니까 스트레스가 쌓이는 것이다. 살다 보면 작은 스트레스를 받는 경우가 허다한데, 이것은 시간이 지나면 자연스럽게 해소된다. 그렇지만 사람으로부터 받은 크나큰 스트레스는 세월이 가도 잊히지 않고 몸과 마음을 병들게 한다.

스트레스는 만병의 근원이다. 스트레스를 해소하고 예방하려면 한 발 양보하고, 조금 손해를 본다는 마음으로 살아야 한다. 그렇다고 쓸개 빠진 사람처럼 행동하라는 것은 아니다. 내가 당신보다 낫다는 생각을 가지면 나도 모르게 너그러운 마음이 생긴다. 당신은 내 상대가 되지 않는다. 그런 마음으로 맞대응하지 않는다면 지고도 이기는 것이다. 즉, 대립하지 않는다는 마음가짐이 중요하다. 우리가 살아가는 세상의 이치는 사람과 사람과의 관계로 이루어진다. 내가 조금 양보하면 분쟁이 없고, 스트레스도 받지 않을 것이다.

우리가 이 나이 되도록 마음 상하고 자존심 구겨지는 일을 어디 한두 번 겪어 보았는가. 젊었을 적에는 먹고살기 위해서 동분서주하였지만, 이젠 현역에서 은퇴하였으니 발버둥 칠 필요가 없다. 역지사지라고 하였다. 먼저 상대방의 처지를 생각하고 조금 양보하면 분쟁이 발생하지 않을 것이다. 내가 못나고 못 배워서 지는 것이 아니다. 내가 주장하는 것이 옳고 언행에 잘못이 없지만, 크게 체면이 손상되지 않는 범위에서 조금 져 주면 된다. 손바닥도 마주쳐야 소리가 나듯 상대하지 않고 무시해 버려라. 거지하고 싸우면 뭐가 남겠는가. 어린아이하고 싸우면 이겨도 이긴 것이 아니다. 조금 지고 살면 마음이 편다. 특히 차를 끌고 다닐 때는 반드시 이 말을 유념하였으면 좋겠다.

흐르는 물은 선두를 다투지 않는다. 산이 가로막으면 돌아가고, 큰 바위를 만나면 몸을 나누어 지나간다. 웅덩이를 만나면 뒷물을 기다려 함께 나간다. 제대로 된 인간은 돈이나 지식, 지위로 사는 것이 아니고 자신감으로 산다. 황혼길에 접어든 우리 노인들, 고정 관념의 틀에 얽매이지 말고 유연하고 품위 있게 살자. 내가 조금 진다고 하여 변하는 것은 없다. 아니, 있다고 봐야 한다. 그런대로 적은 만들지 않았고, 마음이 편안하니 스트레스가 쌓이지 않았을 것이다. 마음을 비우면 근심 걱정할 일이 생기지 않는다. 특히 이 말은 아내나 남편에게도 금과옥조처럼 여겨야 할 것이다. 부부 간에도 자존심을 내세우고 이기려고 하다 보면, 스트레스가 쌓여 금실지락에 골이 생겨 조금씩 사이가 멀어진다. 상대방이 나를 뭐라 칭하건 간에 그렇게 중요하지 않다. 젊었을 적에 내가 어떤 사람인지 주위 사람들 모두가 알고 있을 것이다. 그렇다면 성질을 죽이고 좋은 방향으로 실속을 차리면 된다. 지는 것이 이기는 것이라고 하였다. 그렇다고 내가 져 주었다, 참았다, 이런 말로 상대방에게 생색을 내면 절대 안 된다. 왜냐하면 은혜에 감사하는 마음은 일시적이다. 내가 과거 그 사람에게 조금 베풀고 양보하였다는 것을 상대방이 영원히 기억하는 것이 아니고, 세월이 흐르면 잊어버리기 때문이다.

필자는 시골에서 태어났기에 소년 시절부터 도시가 싫었다. 먹고살기 위해 어쩔 수 없이 도시에서 생활하였지만, 퇴직 후에는 낙향해서 주경야독 전원생활을 하리라 오래전부터 꿈꾸었다. 퇴직 후 아내와 의논하여 땅도 매입하였고, 2층 주택을 설계하였다. 그런데 공사를 시작하려고 준비하자 아내가 시골에 사는 것이 싫다면서 뒤늦게 반대하였다. 시골에 살면 스트레스가 쌓이고 우울증이 온다는 이유였다. 어이가 없고 화도 났지만, 꾹 참고 설득하였다. 그러나 아내는 마이동풍이었다. 꼭 시골에 가고 싶으면 혼자 가서 살면 한 번씩 찾겠노라 하였다. 고집을 부리면 얻는 것보다 잃는 것이 더 많을 것 같아 어쩔 수 없이 원대한 꿈을 접었지만, 너무 허망하였다. 그 일로 인해 스트레스가 쌓여 한동안 방황하다가 겨우 몸을 추슬렀다.

스트레스는 심화다. 이것을 다스리지 못하면 마음의 병을 얻는다. 이것을 옛날 어르신들은 화병이라 하였다. 심화가 오는 징후는, 가슴이 답답하고 배가 더부룩하며 소화가 되지 않는다. 괜히 짜증이 나고 마음이 안정되지 않아 초조하고 불안하다. 스트레스를 다스리려면 관심을 다른 데로 돌리고 그 일을 잊어버려야 한다. 또한 끊임없이 자신에게 주문을 걸어야 한다. 내가 이렇게도 그릇이 작았나. 돈은 있다가도 없는 것이고, 내가 마음을 잘못 먹으면 나와 우리 가족 모두가 불행해진다. 이까짓 게 뭐라고 …. 스스로 마음을 다스리고 계속해서 공으로 돌아가길 간절히 바라면, 어느 한순간 빛이 보이고 심화가 가라앉는다. 심화는 특효약이 없으니까 마음으로 다스려야 한다.

# 병원에 가는 것을
# 주저하지 말자

사람이 늙으면 아픈 곳이 많다. 하긴, 쇠로 만든 자동차도 수십 년을 쓰지 못하고 콘크리트 아파트도 낡아 재건축하는데, 뼈와 살로 이루어진 인간의 육신이야 더 말해서 무엇하겠는가. 그러나 망가진 몸도 아끼고 고쳐 쓰면 천수를 누릴 수 있다. 천수는 120살을 말한다. 의학이 발달하지 않았던 옛날에도 천수를 누리는 사람이 있었기에 이러한 말이 있는 것이다.

사람이 늙으면 기력이 떨어지고 아픈 것은 기정사실이다. 그런데 필자는 어려서부터 주사 맞는 것이 너무 싫었다. 초등학교 다닐 때였다. 천연두 예방 주사를 맞아야 하는데, 버티다가 어쩔 수 없이 마지막에 맞았다. 그 선입감이 나이가 들어갈수록 더 굳어져서 지금도 병원에 가기가 싫다. 그렇다고 병원에 영영 안 가는 것이 아니고, 결국은 병을 키워서 간다. 우리 나이에는 경찰서나 법원, 관청에 가는 것을 싫어하는데, 필자는 유별나게 병원에 가는 것을 끔찍하게 생각하였다. 평범한 사람들은 이해하지 못할 정도로 병원이 싫으니 정상이 아닌 것 같다. 몸살감기로 열흘 넘게 골골거려도 웬만해서는 병원에 가지 않는다. 농장에서 일을 하다가 다쳐도 상비약으로 대충 상처를 동여매고 지낸다. 그래서 손가락 하나는 신경이 끊어졌는지 정상이 아니다. 아파도 참고 견디다가 아내의 잔소리를 듣고 어쩔 수 없이 병원에 끌려갈 때가 많다.

필자는 환자들이 득실거리는 병원이 너무 싫고, 의사를 보면 거부감부터 먼저 든다. 의사들이 병원에 오는 환자들을 돈벌이 대상으로 취급하는 것도 싫고, 또한 으스대면서 호들갑을 떠는 것도 역겹다. 그리고 생명을 다루는 의사가 오진하여도 시인을 하지 않는다. 자기가 자행한 실수나 과실을 합리화시키면서 환자의 잘못으로 둘러씌우는 경향이 많다. 물론 의사도 우리와 같은 인간이기에 잘못하였으며, 겁도 나고 인격이 손상된다고 생각할 것이다. 그러나 의사들이 자기 체면을 다 차린다면 피해를 당한 환자는 어쩌란 말인가. 의사 본인의 가족이 다치거나 지병으로 병원에 온 것이라면 의술뿐 아니라 인술도 최대한으로 베풀 것인데, 내가 알고 겪은 바로는 그런 인격을 갖춘 의사는 한 명도 없다. 모두가 환자의 상전이고, 쳐다보지도 못할 정도로 위대한 사람들이다. 그러나 어쩌겠는가. 아프면 병원을 찾을 수밖에 없다. 병은 하루를 키우면 백일을 치료하여야 한다는 옛말도 있지 않는가. 옛날에는 불치의 병이라고 일컫던 암도 조기 발견하면 완치된다고 한다. 병은 키우지 말고 바로바로 치료해야 한다는 것은 모두가 잘 알고 있을 것이다. 필자도 젊었을 적에 위가 안 좋았는데, 병원에 가기 싫어 서너 달 방치를 하였다가 몇 년을 고생하였다. 그것도 현재까지 완치가 되지 않았다. 아프면 빨리 병원에 가라. 병은 키우면 절대 안 된다. 나라에서 혜택을 주는 암 검사나 건강 검진은 반드시 받아야 한다. 좀 엉터리로 진찰하는 것 같지만, 초기에 질병을 발견할 수 있으니까 불신하지 말자.

젊었을 적에는 치매는 생각도 하지 않았는데, 어느덧 걱정할 나이가 되었으니 세월 참 빠르다는 생각이 든다. 현대인은 암과 치매, 사고로 유명을 달리한다고 의학 서적에서 읽은 기억이 있다. 그중에서 치매는 기억을 담아 두는 머릿속 컴퓨터에 악성 바이러스가 침입하여 기억을 갉아먹는 것이다. 그렇기에 치매는 사람을 너무나 비참하게 만드는 무서운 병이다. 우리 노인네들은 다반사가 건망증이 있다. 좀 심한 사람도 있고, 가벼운 사람도 있을 것이다. 누구나 건망증이 있지만 끝내 생각이 나지 않으면 치매다. 치매는 암보다 더 인간의 삶을 망치는 병이다. 현대 의학으로 치매는 완치가 안 된다고 하는데, 약을 꾸준하게 먹으면 많이 완화된다고 한다. 친구도 건망증이 심해서 약을 먹고 있기에 물어보니, 효과가 있다고 하였다.

노인들이 먹는 약이 한 보자기다. 즉, 우리는 종합 병원이라 하여도 과언이 아닐 것이다. 마음이 병들면 치료가 어렵지만 육신은 고칠 수 있으니까 병원 문지방이 닳도록 쫓아다녀야 한다. 필자는 아프면 무조건 병원에 가라고 당부하고 싶다. 필자처럼 미련하게 병을 키우면 절대 안 된다. 참을 것을 참아야지 아프면 바로 병원에 가는 것을 생활화해야 한다. 늙어 방구들 짊어지고 있으면 아내나 남편, 자식들 모두에게 귀찮은 존재로 전락한다.

우리 몸에 죽을병이 찾아와도 희망에 승부를 걸고 병원을 찾자. 장사는 잘될 거라는 쪽에 걸어야 이문이 많이 남듯이, 희망을 품으면 빛이 보인다. 왜냐하면 병은 심리적인 요인도 많이 작용하므로, 극복하려는 의지가 강하면 강할수록 물리치기가 쉽다.

죽음도 오복에 들어간다고 성현들이 말씀하셨다. 건강하게 오래오래 살다가 아름다운 추억을 남기고 가족과 지인들에게 웃는 얼굴로 전송받자.

# 하루하루가 내 삶이다

나이가 들어 현직에서 은퇴하였어도 하는 일 없이 허송세월만 한다면 삶에 아무런 의미가 없을 것이다. 필자가 이런 말을 하면 사업이나 자영업을 하는 사람도 아니고, 퇴직한 후 좀 쉬려고 하는데 무슨 말이냐고 반문할 것이다. 그렇지만 하루하루를 아무런 의미 없이 무위도식으로 산다면 무슨 낙이 있겠는가. '올해는 무엇을 해 보겠다, 이번 달은 무엇을 해야겠다, 이번 주는 무엇을 하겠다'는 계획을 세워야 한다. 하다못해 몇 명 남지 않은 친구를 만난다든지, 그동안 미뤄 놨던 선산을 찾아보는 등 작은 계획이라도 세워서 생활하는 것이 내 몸에 엔도르핀이 샘솟고 정신 건강에도 좋은 것이다. 또한 하루하루를 보람차게 보내야 정말 퇴직을 잘하였다고 자화자찬할 수 있을 것이다.

그렇다고 실현 가능성도 없고, 뜬구름 잡는 식으로 거창한 계획을 세우라는 것이 아니다. 예를 들자면, 하루에 5천 보나 1시간을 걷는다든지, 아니면 추억이 서렸던 곳을 놀러 간다든지, 손주들과 손잡고 유원지로 나들이를 간다든지, 그렇지 않으면 무엇을 배워 자격증을 취득한다든지, 무리하지 않을 정도로 계획을 세워 실천한다면 퇴직 후의 삶이 헛되지 않을 것이다.

또한 신세를 진 사람들을 찾아뵙는다든지, 아니면 한 달에 한 번이라도 착한 일을 한다든지, 마음만 먹으면 실천할 수 있는 작은 일들을 찾을 수가 있다. 나이가 들면 몸이 먼저 알고 편한 것을 쫓는다. 더우면 덥다고, 추우면 춥다고 핑계를 대면서 움직이기 싫은 것이 우리 늙은이의 속성이다. 그러나 사람은 나이가 들수록 몸을 움직여야 한다. 자가용을 아낀다고 주차장에 오래도록 방치하면 녹이 슬고, 부품이나 엔진이 망가진다. 춥니 덥니 핑계를 대면서 집에만 있으면 은근히 짜증이 나고, 남편이나 아내, 주변 사람들에게 괜한 잔소리로 스트레스를 줄 수 있다. 사람은 목적의식 없이 무의미하게 살면 발전이 없고 자신도 모르게 나태해진다. 아무것도 하는 일이 없으면 엉뚱한 궁리를 하게 되고, 그것을 하지 못하면 괜히 자신을 비관하게 된다. 나는 우리 가정에 없어서는 안 된다. 가정 경제와 가족의 건강을 책임져야 할 귀중한 존재다. 나이가 들었다고 집에서 뒹굴 순 없다. 나의 사고방식이 가족 구성원 모두에게 크건 작건 영향을 미친다는 것을 생각한다면 소홀하게 노년을 보낼 순 없을 것이다. 우리가 향후 20년을 살지 30년을 더 살지 확실하게 알 수가 없지만, 계획을 세우고 실천한다면 성취감이 들고 보람도 느낄 것이다. 사람은 사람에 의해 평가받는다. 내가 죽고 나면 아까운 사람 죽었다. 참 괜찮은 사람인데, 조금 더 살았으며 좋을 것인데, 그런 말을 듣는다면 얼마나 좋은가. 주위에서 그런 말을 한다면 죽은 사람보다 남아 있는 아내나 남편, 자식들이 더 좋아할 것이다. 계획은 별것이 아니다. 무리한 것, 어려운 것, 돈이 많이 들어가는 것, 여러 사람의 도움이 필요한 것은 되도록 피하고, 내가 가볍게 할 수 있는 것부터 찾아보자. 그냥 무의미하게 한 해, 한 달을 보내는 것보다 이렇게 작은 계획이라도 세우고 노년을 살아가면 낡은 홍두깨에 꽃이 필 것이다.

우리가 여기까지 오면서 얼마나 많은 풍파를 겪었는가. 젊었을 적에는 돈이 없어 비참하다는 생각이 들 때도 있었고, 직장에서 배제되지 않으려고 비굴하게 굴었을 때도 있었을 것이다. 또한 자영업이나 사업을 하였던 사람도 진상 고객이나 젊은 사람에게 쓸개 빠진 사람처럼 굽실거리지 않았는가. 그런 고생을 하였기에 나이가 든 지금에는 남에게 돈 빌리러 가지 않아도 세 끼 밥은 먹을 수 있지 않은가. 우리는 죽음을 향해 달려가고 있는데, 이왕이면 향기를 남겨야 하지 않겠는가. 이젠 살아온 날보다 살아갈 날이 훨씬 짧게 남았다. 마음을 비우고 알차고 소박하게 그리고 참되게 살자. 빈손으로 왔다가 빈손으로 가는 삶인데, 뭐가 그렇게 미련이 있고 아쉽겠는가. 하다못해 잠자리에 들어서라도 '내일은 뭘 해야지' 생각하면서 소일거리를 찾아봐라. 그러면 내일 하루는 활기차게 보낼 것이다.

회자정리요, 거자필반이라 하였다. 뒤돌아보니 세월이 벌써 이렇게도 멀리 와 버렸다. 돌아가지 못할 먼 길을 왔지만, 미련을 남기지 말자. 죽으면 그만이라는 사고방식을 가지면 안 된다. 인생은 마지막이 정말 중요하다. 아무 의미 없이 하루하루를 보내는 것은 선산에 누워 있는 것과 마찬가지다. 우리는 산전수전 다 겪어 보았던 노련한 인생 프로다. 얼음장 밑에서도 봄을 재촉하는 여울물은 흐르고, 매서운 칼바람 속에서도 매화는 꽃봉오리를 터뜨린다. 살아온 경험과 지혜를 살려 존경받는 어른으로 품위를 갖춰 대미를 장식하자. 퇴직은 노후를 멋지게 보내려고 후배

들에게 자리를 물려준 것이다. 절대로 나약한 마음을 먹어서는
안 된다.

# 이성을 사귀자

　이성을 사귀라는 필자의 말에 독자들은, 나이가 들어 기력도 없는데 자녀들에게 망신살 일을 하란 말이냐고 반문할 것이다. 필자가 이성을 사귀라는 말은 생활에 활력소를 얻기 위해서 건전하게 이성 친구나 동생, 누나, 오빠를 사귀라는 것이다. 취미가 같다든지, 운동을 함께한다든지, 아니면 그림이나 서예, 풍물이나 타악기 등 뭔가 공유를 할 수 있는 것이 있다면 얼마든지 가능하다. 사람은 나이가 들면 들수록 신체의 모든 기능이 떨어진다. 사람마다 약간의 차이야 있겠지만, 누구도 세월을 비켜 갈수는 없다. 10년 전의 내 모습과 현재를 비교하면 이젠 나이를 먹었구나, 하는 생각이 들고 서글퍼질 것이다.

　필자는 다른 사람과는 달리 몸뚱이는 제법 관리한다고 자부하였는데 고희를 넘기자, 몸과 마음이 급속도로 늙어 가는 것 같다. 여름에도 감기에 걸리고, 손과 얼굴에는 검버섯이 피고, 주름살도 늘어난다. 또한 금방 하였던 일도 기억나지 않을 때가 있다. 이러한 것은 우리 인간에게 찾아오는 자연적인 현상이기에 어쩔 수 없다. 세월이 가는데 사람이 어찌 늙지 않을 수가 있겠는가. 그렇지만 삶을 즐겁게 살면 노화가 빨리 진행되지는 않을 것이다. 등산, 케이트 볼, 에어로빅, 노래 교실, 글쓰기 등 취미 활동을 하면서 이성 친구들과 즐겁게 보내라는 것이다. 또한 종교에 귀의하여 단체 활동을 하는 것도 괜찮다고 생각한다. 목적의식이 같은 이성과 대화를 나누면 기쁨이 배가되고 즐겁다.

내 나이가 몇 살인데 무슨 이성을 사귀겠냐고 부정하겠지만, 자연스럽게 모임이나 취미 활동을 하면서 같은 또래의 동성보다는 이성과 대화를 나누고 활동한다면 신진대사가 활성화된다. 그렇다고 남편이나 아내를 배척하고 정을 주어 이성을 사귀라는 말은 아니다. 대중 게임이나 동창생 모임, 파크 골프 등 될 수 있는 대로 이성과 함께 즐기면 좋다는 것이다.

부부 중 누구 한 사람이 먼저 갔으면 적적할 터인데, 정이 들다 보면 서로가 부담을 주지 않는 한도 내에서 노후를 함께하는 것도 나쁘진 않다. 다만 이때에는 양측에 자녀들이 있으므로 동의를 구하고 재산 문제는 명확하게 해 두는 것이 좋다. 여자 친구를 사귀든가, 남자들의 모임에 여자가 참석한다면 좋은 분위기를 가져온다. 이성 친구에게는 동성 친구에게 대하듯이 함부로 할 수 없다. 조금은 신경 쓰이고 말도 가려서 한다. 그리고 옷차림새도 단정할 것이고, 얼굴에 스킨이나 로션을 바르고 나가지 않겠는가. 이성 친구와의 만남은 자신도 모르게 몸과 마음을 젊어지게 한다.

모든 삼라만상은 음과 양이 존재한다. 우리는 그것을 부정하더라도 무의식적이거나, 아니면 자신도 모르게 상대방을 그리워한다. 나이가 많고 적음을 떠나 이것이 만고불변의 원칙이다. 그렇다고 추하게 언행을 하거나 쓸데없이 치근대라는 말이 아니다. 간혹 노인들이 품위를 일탈하여 비난받고 가족이나 지인들에게 얼굴을 들지 못하는데, 그것은 주책이고 어른이 취할 언행이 아니다. 지금까지 열심히 살아온 내 삶에 오점을 남기는 그런 짓은 꿈도 꾸지 않아야 한다.

우리 주변에는 나이 많은 노인들이 모임을 하거나 음식점에서 맛있는 것을 먹고 여행을 다니는 것을 보면 '참 멋지게 늙는구나' 그런 생각을 한다. 남에게 손가락질받지 않는 한도 내에서 즐기면서 멋을 부리면 된다. 요즘에는 사회 복지 시설이 잘되어 있다. 마음만 먹으면 건전하게 배움의 친구가 되어 즐거운 날들을 보낼 수 있다.

필자의 지인은 노래 교실에 다니는데, 만날 때마다 싱글벙글한다. 젊었을 때부터 노래를 한가락 하였는데 할머니들에게 인기가 최고라 한다. 처음에는 서먹서먹하였는데, 멋지게 유행가를 독창하고 난 후 할머니 친구들이 많아졌다고 한다. 노래 교실뿐만 아니라 여자, 남자 함께할 수 있는 운동이 많다. 혼자 하는 운동도 있겠지만, 여럿이 함께 운동하고 경기하면 자연히 친구로 사귈 수 있다. 이때 유념해야 할 것은 깨끗한 외모와 매너는 필수적이다. 절대로 치근대지 말고, 푼돈을 아깝게 생각하지 말아야 한다. 또한 감언이설로 현혹하거나 교언영색으로 잘 보이려고 하지말아라. 거짓말은 산비탈을 구르는 눈덩이와 같다. 거짓을 진실처럼 포장해도 백일하에 드러난다. 때 묻지 않은 순수한 영혼으로 상대방을 바라보아야 하고, 또한 원하는 것이 없어야 한다. 그래야 진정하게 이성을 사귈 수 있고 결과도 아름다운 것이다.

우리는 노년을 즐겁게 보내면 된다. 여태까지 힘들게 살아왔는데, 이젠 편안하고 멋지게 살아야 한다. 나의 삶을 자녀나 남이 대신 살아 주지 않는다. 한 번뿐인 생인데 남에게 손가락질받지 않는 한도에서 최상의 행복을 누려야 멋진 삶이라 하지 않겠는가.

# 텃밭 가꾸기나
# 낙향은 어떠한가

    예순이 넘으면 공직이나 회사에서 근무하던 사람은 퇴직한다. 직종에 따라 2~3년 차이가 있겠지만, 사업이나 자영업을 하는 사람 외에는 대부분 정년퇴직을 한다. 퇴직하면 이 지긋지긋한 생활에서 벗어나 하늘로 훨훨 날아갈 것만 같았는데, 막상 몇 달 지나고 나면 지겹고, 활기도 떨어지며, 하루하루가 무미건조하게 느껴진다.

    나이가 많건 적건 간에 퇴직하여 아무 의미 없이 허송세월한다면 엉뚱한 궁리를 하고 건강도 잃기가 쉬우니 반드시 소일거리를 찾아야 한다. 아직도 먹고 사는 기반이 튼튼하지 못하면 퇴직하였어도 돈을 벌어야 하고, 퇴직금과 그동안 모아 놓은 돈으로 의식주를 걱정하지 않는다면 일상의 소일거리를 찾아야 한다.

가정을 부양할 책임을 다하였다면 건강도 지키고, 생활에 활력을 만끽할 수 있는 작은 텃밭을 추천하고 싶다. 일일 노동이나 잡부, 경비업에 종사할 수도 있지만 돈을 버는 것이 목적이 아니라면 텃밭을 마련하여 흙에 사는 것도 괜찮다고 생각한다. 소일 거리가 충분할 뿐만 아니라 여름에는 피서지로 이용할 수 있어서 안성맞춤이다. 가족이나 친지, 친구들과 함께 삼겹살을 구워 텃밭에서 가꾼 무공해 채소를 곁들여 한잔하면 그야말로 지상낙원이다.

철 따라 마늘, 들깨, 고추도 심을 수 있어 사철 내내 잔류 농약 걱정 없이 무기농 식품을 먹을 수 있다. 또한 작물을 키우는 재미도 쏠쏠하다. 냉이, 달래, 신선초, 상추 등 가꾸고 싶은 작물을 심으면 봄 내음도 만끽할 것이다. 비례하여 몸을 쓰는 작업을 하기에 무리하지 않는다면 건강에도 도움이 되고, 일거양득이다. 그리고 무엇보다도 할 일이 있다는 것이 크게 위안이 될 것이다.

이때 농장을 장만할 때는 주거지에서 가까운 곳으로 하라. 거리는 왕복 20km 이내가 적당하며, 면적은 50평 이내가 좋다. 땅이 많으면 경작하기가 힘들 뿐만 아니라 1~2년 이내에 지치고 골병들어서 그만두는 경우가 많다. 그렇다면 그렇게 작은 땅이 어디 있냐고 항변할 것이다. 보통 농지는 수백 평이나 되는 큰 덩어리인데, 쪼개서 팔기를 싫어한다. 이런 경우에는 뜻이 맞는 지인이나 친척들이 공동 구매하여서 경작하면 된다. 절대로 투기 목적으로 많은 땅을 매입하면 안 된다. 그리하면 땅에 투자하는 돈이 많이 들어가기에 부담이 될 뿐만 아니라, 만약에 농사를 접을 때는 애물단지가 된다. 어쩔 수 없이 덩치가 큰 경우를 장만하였을 때는 지인에게 무료 분양을 하거나 유실수를 심고, 50여 평만 텃밭으로 사용하여야 한다.

텃밭이 싫은 경우에는 소도시 인근의 전원주택이나 농어촌으로 낙향하는 것도 하나의 방법이라 할 수 있다. 낙도나 산간 벽촌으로 이주하면 인적이 없어 너무나 적막하기에 적응하지 못하고 되돌아오는 사람도 있다. 또한 의료 시설이나 문화 시설이 낙후된 곳, 교통이 불편한 곳은 선택하지 않아야 한다. 도시에서 누리던 혜택을 전혀 볼 수가 없다면 오래 정착하지 못한다. 즉, 전기나 수도, 도로가 없다면 이내 불편함을 느끼고 얼마 지나지 않아서 싫증이 난다. 그리고 전원주택지로 많은 땅을 구매하면 관리가 힘들다. 주택과 마당, 텃밭을 모함하여도 100여 평 남짓이면 적당하다. 퇴직하였어도 가정 경제가 어려워 돈을 버는 직업을 다시 가져야 한다면 낙향하는 것이 좋은 방법이 아니지만, 그런 걱정이 없다면 생각해 보라.

한 가지 유념할 것은 낙향하거나 텃밭을 장만하는 것은 반드시 부부 두 사람의 의견 일치가 선행되어야 한다. 왜냐하면 남자나 여자나 혼자서 농사짓는 것은 재미도 없고, 또 낯선 시골에 가서 혼자 있지 못할 뿐만 아니라 늘그막에 부부가 떨어져 있으면 정이 멀어진다. 필자도 퇴직 후에 복잡하고 매연이 많은 도시가 싫어 낙향하려고 아내를 설득하였다. 1년 정도 온갖 감언이설을 섞어 설득하자 마침내 승낙하기에 작은 토지를 마련하려고 함께 보러 다녔다. 여러 수십 곳을 답사했지만, 덩어리가 너무 크고 위치가 마음에 들지 않았다. 그러다가 남해 해안가에 100평 남짓한 땅을 구매하였다. 아담하게 이층집을 지으려고 하자 아내가 뒤늦게 극구 반대하여 실행에 옮기지 못했다.

필자는 퇴직 후 촌에 살면서 텃밭이나 가꾸고 글이나 쓰면서 안빈낙도를 바랐는데, 결국은 꿈을 접고 말았다. 인간군상이 득실거리는 도시보다 시골이 좋은데, 내 고집대로 할 수가 없었다. 지금은 컨테이너를 설치해 놓고 휴양지 겸 선산에 갔다 오다가 중간 기착지로 사용하고 있다.

텃밭을 장만하건 낙향하건 부부의 마음이 일치하여야 한다. 어느 한 사람만 고집을 부려서 강행하면 절대로 안 된다. 그것은 행복을 꿈꾸는 것이 아니라 불행을 자초하는 것이다.

# 술, 담배를 자제하라


우리는 성인이 되면 술, 담배부터 접하게 된다. 그것이 좋은 것인지 나쁜 것인지 생각하지 않고, '이제는 나도 술, 담배를 할 수 있는 나이구나' 하는 마음으로 가까이한다. 그러다 보면 습관과 중독이 되어 평생을 옆에 끼고 살다가 생을 마감하는 사람이 많다. 술, 담배가 100% 나쁘다는 것은 아니다. 어떤 면으로 보면 스트레스 해소나 심신을 달래 주기에 필요한 것일 수도 있다. 그렇지만 술은 주량이나 체력에 맞춰 먹으면 자신이나 남에게 피해를 주지 않는데, 담배는 좀 그렇다. 피우는 본인은 물론이거니와 가족, 지인 등 모든 사람에게 피해를 주는 것은 주지의 사실이다.

필자도 반주를 즐기는데, 알코올에 중독되었다면 반드시 치료받아야 한다. 본인 의지로 병원 가기가 어려우면 가족에게 부탁하면 거절하지 않을 것이다. 본인이 병원에 가겠다고 하면 아내나 남편, 자식들이 쌍수를 들어 좋아할 것이다. 알코올 중독으로 죽을 때까지 손가락질받는 것보다 치료받아 완치한 후 떳떳하게 대우를 받으면서 조금씩 마시면 된다. 치료받으러 가는 것을 두렵게 생각하는데, 그런 마음을 가질 필요가 없다. 감기에 걸려도 병원에 가고, 신체 어느 곳이 불편해도 병원에 간다. 더 나은 삶을 위해서, 또한 가족에게 피해를 주지 않고 아내나 남편, 자녀들에게 무시당하지 않으려면 치료를 받는 것이 좋다. 내 자리를 찾고 사람 대접을 받으려고 생각한다면 어렵지 않을 것이다.

애연가도 담배를 끊으려고 시도를 해 봤을 것이다. 담배를 끊기란 참으로 어렵다. 중독성보다 습관성이 더 강한 것이 담배다. 주변 사람들은 쉽게 담배를 끊는데, 필자는 너무나 어려웠다. 10개월 동안 세 번이나 끊었지만 또 피우고, 몇 달 끊었다가 또 피운다. 평생 담배를 피울 수 없다고 생각하니 끊겠다는 결심을 하기가 어려웠다. 담배를 끊었다가 피우기를 몇 번이나 반복하였으니, 아내에게 의지가 약한 사람이라고 수없이 잔소리를 들을 수밖에 없었다. 평생 담배를 끊는다고 생각하면 정말 어렵다. 그렇지만 단기간은 담배를 끊을 수 있다고 모든 애연가가 자신할 것이다. 시작이 반이다. 평생을 끊겠다는 각오보다 6개월, 1년간만 담배를 피우지 않는다는 마음으로 시작해 보자. 그럼에도 이 기간 동안 정 피우고 싶으면 한 달에 한 개비만 피운다고 생각하라. 이 정도는 마음을 굳게 먹는다면 누구나 할 수 있을 것이다. 정해진 기간이 도래하였으며, '평생 담배를 피우지 않겠다', 혹은 '목표를 달성하였으니 이젠 피워야 한다'는 생각은 그때 가서 결정하면 된다. 여기까지가 1차 목표다. 1차 목표에 도달하였으며, 나도 성공하였다는 마음이 들어 조금은 뿌듯할 것이다. 필자도 6개월을 작정하고 금연을 결심해서 반년을 초과 달성하였다. 그러다가 언짢은 일이 있어 한 개비를 피웠다. 그러나 금연한 세월이 너무 아깝다는 생각이 들고, 오기가 발동했다. 나보다 못한 사람도 끊는데, 이참에 아예 피우지 말자는 생각이 들었다. 담배를 끊기가 어렵지만 위와 같은 방법으로 담배의 향수를 달래 가면서 안 피우다 보니 이제는 금연이 습관화되었다.

담배가 폐암 등 많은 질병에 원인을 제공한다는 것을 알지만 쉽게 끊지 못한다. 원인은 중독성이나 습관성도 있지만, 앞으로 남은 인생에 좋아하던 담배를 피우지 못한다는 두려움이 앞서기에 끊지 못하는 것이다. 그러나 위와 같은 방법을 선택한다면 효과가 있을 것이다. 담배를 끊은 후에는 생활에 많은 변화가 자연스럽게 보너스로 따라온다. 장점은 내 건강보다 아내, 자식들로부터 잔소리를 안 들어서 좋다. 아내는 담배 끊으라는 말을 참소리라고 우겼지만 어쨌든, 아내에게 인정받으니까 좋다. 그리고 담배 안 피우는 친구와의 만남도 부담스럽지 않고, 지인을 대할 때도 냄새를 풍기지 않아 겸사겸사 좋다. 죽어도 깨끗한 몸이 되어야 천당에 갈 수 있지 않겠는가.

이렇게 진행하면서 보건소에 협조받으면 더욱 좋다. 금연을 잘하다가도 집안에 흉사나 마음이 괴로울 때 금단 증상과 상관없이 자신도 모르게 담배를 찾는다. 이때를 대비해서 한 달에 한 번 피운다는 계획을 세운 것이다. 아끼고 참았던 것을 이번에 사용하였다 생각하고 계속 금연을 이어 나가면 된다. 아내나 가족, 지인들에게 담배를 끊었다고 공표하고 라이터, 담배 등을 모두 없애 버려라. 무엇보다도 이번에는 끊어야지 하는 의지가 중요하다. 다시 한번 시도해 보자. 가족 모두가 장한 결심을 하였다고 환영할 것이다.

# 방구들만 지키지 마라

우리는 태어나는 순간부터 사람과 함께한다. 유년기 때는 부모와 형제자매, 조금 커서는 학교 친구들과 우정을 나누는 등 사회에 진출할 때까지는 주변 사람으로 한정된다. 사회에 진출하여서는 자의건 타의건 수많은 사람을 만나고, 생존 경쟁에 돌입한다. 즉, 우리는 사람을 떠나 살 수가 없다는 것이다. 어린아이를 또래들과 함께 있지 않고 혼자 있도록 격리시킨다면 지능도 떨어지고, 인성을 제대로 형성하지 못한다. 나이 든 노인들도 마찬가지다. 무엇을 어떻게 하겠다는 목적의식도 없이 혼자 외롭게 생활하면 몸과 마음이 쉬 망가진다. 나 혼자라는 생각이 들면 '버려졌다, 소외되었다'는 그런 망상이 들고, 엉뚱한 짓을 하게 된다. 그렇다면 나이가 들어 아내나 남편을 먼저 보내고 홀로된 사람은 어쩌란 말이냐고 반문할 것이다.

필자가 말하는 뜻은 하루 종일 누구와 함께 있으라는 것이 아니다. 또한 집 안에만 있으라는 말이 아니다. 누구든 만나 대화를 나누고 술, 식사를 하면서 사람의 체온을 느끼라는 것이다. 젊었을 때는 하루 24시간이 짧다고 밖으로 나돌았을 것이다. 그러나 퇴직하고 난 후 특별한 계획이 없으면 마음이 심란하여 공황 상태가 된다. 괜히 짜증이 나고 밖에 나가기도 싫다. 그러다가 세월이 흐르면 몸과 마음이 더욱 피폐해져 움직이는 것이 귀찮아진다. 아무것도 안 하고 집에만 있으면 곪아 부스럼 만든다. 그리고 우울증에 빠져들 수도 있다. 또한 아내나 남편에게 쓸데없이 간섭하고 잔소리하여 안락한 가정에 평지풍파를 일으킬 수도 있다.

자, 이런 때는 어떻게 해야 노후 생활을 슬기롭게 보낼 수 있겠는가. 집을 나와서 무턱대고 돌아다니는 것보다는 계획적으로 운동을 하면 좋다. 집 주변을 둘러보면 소공원이나 숲, 하천 등 걸을 만 곳이 있을 것이다. 또한 학교 운동장이나 뚝 길도 괜찮다. 대단지 아파트라면 몇 번 돌면 된다. 이런 곳이 없다면 전철을 타고 한두 정거장만 가면 운동할 곳이 틀림없이 있다. 걸을 때는 수건이나 사탕을 반드시 지참하고 두 시간 이내가 적당하다. 그리고 3~40분 걸으면 겨울에도 약간 땀이 나도록 조금 빨리 걷는 것이 좋다. 천천히 걸어도 운동이 안 되는 것은 아니지만, 땀이 나도록 체력에 맞춰 약간 빨리 걸으면 더 좋다. 걷고 난 후에 맨손 체조를 한다든지 주변에 운동 기구를 이용하여 어느 정도 몸을 풀어 준다면 균형적으로 육체의 퇴행을 지연시킨다. 운동은 장애가 있어도 반드시 해야 한다. 또한 부부가 함께하면 그 효과는 배가 된다. 꼭 걷는 것이 아니어도 괜찮다. 배드민턴이나 나인 댄스, 케이트 볼, 아니면 자전거를 탄다든지, 찾아보면 많을 것이다.

필자의 이웃에 사는 고추 친구는 아직도 세탁소를 하고 있다. 그런데 이 친구는 새벽 5시면 일어나서 운동하러 간다. 2시간 정도 걷기도 하고, 자전거도 타고, 각종 운동 기구로 몸을 풀고 나서 출근한다. 그렇게 하루도 거르지 않고 10여 년을 하고 있는데, 고혈압이나 다리 아픈 곳이 많이 호전되었다고 하였다. 친구의 규칙적인 일상생활이 너무 부럽지만, 필자는 새벽에 운동은 가지 못하고 낮에 두 시간쯤 운동하고 있다. 매일 하는 것보다는 일주일에 3~4회 정도가 적당하다고 생각한다. 나이가 들면 체력이 떨어지기에 몸의 움직임이 둔해지고 게을러지기 쉽다. 노래 교실이나 장기, 바둑, 서예, 악기, 컴퓨터 등 무엇이든 배우러 다니면 더욱 좋다. 동사무소나 금융기관 등에는 문화 강좌도 많다. 또한 자격

중이 있거나 소질이 있는 분야에 재능 기부나 봉사 활동을 하는 것도 생활에 활력소가 된다. 절대로 혼자 집에 있지 마라.

운동은 무리하게 하면 안 된다. 우리는 건강해지려고 운동하는 것이지 프로 선수를 꿈꾸는 것이 아니다. 체력은 생각지도 않고 잘하는 사람을 따라 하다가 부작용이 오면 오히려 몸을 망친다. 버스 정류장, 전철도 한 정거장 정도 걷고, 아파트 계단도 무리하지 말고 두세 계단 오르는 것이 좋다.

집 안에 혼자 있으면 적적하여 애완견을 많이 키우는데, 바람직하지 않다. 애완견의 털과 배설물은 면역력이 떨어진 우리 노인들에게 치명적이다. 적적해서 키우는 것이 좋다고 생각하면 작은 애로 한 마리만 키워라. 많이 키우면 이웃에 피해를 줄 수도 있고, 비용도 만만찮을 것이다. 차라리 그 돈으로 친지나 이웃과 소통하면 더 좋을 것 같다.

우리가 젊었을 적을 생각하면 지금은 부자 부럽지 않을 정도로 잘사는 편이다. 고생하면서 억척스럽게 살아왔는데, 이 좋은 세상 오래 살아야 한다. 그러기 위해서는 첫째도 건강이요, 두 번째도 건강이다. 절대로 방구들 지키지 말고 밖으로 나가라. 그래야 건강을 지킬 수 있다.

제2장

# 부부 사랑이
# 최고의 행복이다

내게 가장 소중한 사람은 아내와 남편이다

# 나의 아내,
# 나의 남편이 최고다

결혼할 때 상대방의 성격이나 조건 등 모든 것이 100% 맞아서 결혼하는 부부는 거의 없다. 대부분 사랑하기에 결혼하는 것이지만, 그러지 못한 부부도 있을 것이다. 그렇지만 사랑하는 마음이 조금이라도 있었기에 결혼하였지 진정으로 싫었으면 하지 않았을 것이다. 또한 모든 조건이 잘 맞아서 결혼한 부부라 하더라도 살다 보면 불만이 쌓여 미워질 때도 있을 것이다. 원인은 상대방을 배려하지 않고 내 위주로 생각하기 때문이다. 물론 살다 보면 아내나 남편에게 씻을 수 없는 상처를 준 일도 있을 것이다. 그러나 미운 정, 고운 정 흠뻑 든 아이들의 아버지고 어머니다. 우리 노인들은 아내나 남편에게 사랑과 애잔한 마음을 갖고 살아야 한다.

뚜렷하게 무엇 하나 이루어 놓은 것도 없는데 벌써 황혼 녘에 다다랐다. 우리네 인생 바람결에 스러지는 먼지처럼 앞날을 기약할 수 없는데, 이젠 서로에게 베풀고 보듬어 주면서 살자. 남편이나 아내가 아닌 다른 남자, 여자는 내게 아무 소용이 없다. 우연한 계기로 좋아하는 감정이 생길 수는 있겠지만 그것은 일시적이다. 아내나 남편이 몹쓸 병에 걸려 오래 살지 못한다고 가장해 보자. 그러면 미워하던 마음도 사라질 것이고, 서로에게 최선을 다할 것이다. 내가 못 해 준 것, 나를 만나 고생하였다는 애틋한 마음이 가슴을 울릴 것이다. 우리에게는 자식보다 남편과 아내가 최고다. 각방을 쓰지 말자. 아내와 나는 서로에게 마지막 보루다. 장미꽃이 예쁜들 수십 년 희로애락을 겪어 온 아내만큼 향기롭겠는가. 또한 돈 잘 쓰는 남자가 좋아한다는 눈치를 보인들 몇십 년 한 이불 덮고 잔 남편에게 견줄 수 있겠는가.

남자들은 가정에 대하여 어떻게 돌아가는지 잘 모른다. 특히 젊었을 적에는 뭐가 그렇게 바쁜지, 집에 붙어 있을 날이 없다. 필자도 결혼만 하였지 아내나 자식들이 귀중한 줄 몰랐다. 집에 들어와서 홀시어머니를 모시고 있는 아내에게 무심코 던진 한마디에 수십 년을 가슴앓이하다가 최근에 그때 이야기를 하는데,

필자는 기억도 나지 않았다. 그렇지만 내가 하지 않았던 말을 할 사람이 아니기에 때늦게 얼굴이 뜨거웠다. 결혼을 반대하였던 홀시어머니를 모시기가 쉽지 않았을 것인데, 필자는 노인네 비위 좀 맞춰 주는 것이 뭐가 그렇게 어렵겠느냐고 안일하게 생각하였다. 천사표 아내에게 얼굴을 들 수가 없었고, 쥐구멍에라도 들어가고 싶은 심정이다. 우리의 결혼이 운명의 만남이건 어울리지 않는 만남이건 간에 미성 때 만나 수십 년을 부대끼면서 살아왔다. 이제 와서 과거를 후회한들 아무 소용이 없는 것이다. 남은 삶 서로에게 최선을 다하여야 한다. 자식들이 장성하여 잘살고 있는데 부모가 모범을 보여야 하지 않겠는가. 평생을 고생하면서 살아왔는데 이젠 얼마 남지 않았다고 생각한다면 무엇을 못 해 주겠는가. 각방을 쓰다가는 고독사를 당해도 모르는 경우가 있다. 부부간에 담을 쌓지 말고 대화를 많이 하여라. 행복과 불행은 멀리 있는 것이 아니다. 바로 코앞에도 있고, 뒤에도, 옆에도 있다. 우리 노인들은 그것을 느끼면서 살아야 한다. 아내의 눈물을 외면하지 말고, 남편의 고뇌도 헤아려 주어라. 참다운 사랑은 돈이나 조건이 아닌 마음이고, 그 향기는 가정을 밝게 할 것이다. 애정이 없으면 곁에 있어도 지나가는 객보다 못할 것이고, 은애하는 마음이 깊다면 천 리 밖에 있어도 함께 있다는 생각이 들 것이다.

효자는 절대로 애처가가 될 수 없다는 것을 나중에야 깨달았다. 그것도 홀어머니 슬하에서는 가당치도 않다. 만약 효자가 될 수 있다면 그것은 아내의 슬픈 눈물 꽃과 가슴 시린 고통, 남편과 자식을 사랑하는 숭고한 마음이 쌓여서 된 것이다. 필자는 진정한 효자가 되지도 못하였고, 아내의 가슴에 대못만 박았다. 지나온 날들을 생각하면 아내의 꺾이지 않는 강인한 정신력을 존경하면서도 따뜻한 남편이 되지 못해 죄스러운 마음 금할 길 없다. 어떻게 하든 애들을 데리고 살 테니까 걱정하지 말라는 아내의 말을 믿었기에 한시름 놓았다고 생각하였다. 필자뿐만 아니라 우리 남자들은 알게 모르게 아내에게 많은 죄를 지었을 것이다. 복수불반분이지만 지금이라도 사죄하는 의미로 따뜻하게 대하고 챙기자. 세월이 한없이 흘러도 오래도록 그 자리에 있어 주었으면 하는 남편이 되어야 하지 않겠는가. 우리는 가족에게 버림받으면 설 땅이 없다.

우리나라 사람은 아내나 남편에게 칭찬하는 것이 인색하다. 칭찬은 코끼리도 춤을 춘다고 하였다. 남도 칭찬하는데, 평생을 묵묵히 곁을 지켜 주는 아내나 남편이 얼마나 고마운가. 날마다 칭찬하고 어루만져도 싫증이 나지 않을 것이다. 서로의 가치를 알고 소중하게 여겨야 한다. 영감은 아무짝에도 소용이 없고 자식이 최고다. 그런 말을 많이 들었다. 그렇지 않다. 자식보다 더 사랑하는 사람이 아내와 남편이다. 부부 사랑이 행복이다. 얼마 남지 않은 삶, 누구의 눈치도 보지 말고 서로만 바라보면서 은애하자.

# 마음을 편하게 가지자

옛날에는 우리 노인들이 요즘처럼 오래 살지 못했다. 대부분 환갑을 넘기는 사람이 드물었고, 고희를 넘긴 사람은 거의 없었다. 전염병이나 암에 걸리면 대부분 죽었다. 그런 모진 병이 아니더라도 각종 질병으로 어렸을 때 많이 죽었다. 그러나 현시대는 의학 발달로 신종 전염병도 퇴치하고, 암도 조기에 발견하면 완치할 수 있어 장수하고 있다. 우리의 부모님 세대는 환갑까지 살아도 오래 살았다고 생각하였다. 그러나 요즘에는 고희도 젊은 나이로 여긴다. 옛날에 없던 병이 만연하고 있다. 그중 치매는 사람을 산송장으로 만드는 무서운 병이다. 정신이 없어 자신이 누구인지 모른다. 또한 스트레스로 생기는 병도 많다. 각종 질병의 원인이 되는 것이 스트레스인 것이 의학계의 정론이다. 우리는 이무서운 질병을 물리쳐야 행복한 삶을 이룰 수 있을 것이다.

이젠 우리는 오래 사는 것이 문제가 아니라 삶의 질이 얼마나 좋고 나쁨에 따라 행불행을 논한다. 행복한 노년 생활을 하려면 스트레스를 받지 않는 것이 가장 중요하다. 그렇게 하려면 근심 걱정 없이 항상 마음을 편안하게 가져야 한다. 우리의 어깨에는 짓누르는 무거운 짐이 없다. 자식을 부양할 의무도 벗어던졌다. 우리 스스로 건강만 챙기면 장수할 수 있다.

우리 노인들이 살아오면서 궂은일도 많았지만, 웃음을 자아낼 수 있을 정도로 좋은 추억도 많이 있었을 것이다. 너무 힘들었던 지난날들은 생각만 해도 마음이 아프고 울적하게 만든다. 그렇지만 그 어려웠던 때에도 드문드문 좋은 일도 있었던 것은 틀림없는 사실이다. 그것을 반추하라는 것이다. 처음 직장을 잡을 때나 사업을 시작할 때 꿈에 부풀었던 그 기분, 결혼할 때와 자녀들을 낳았을 때, 또는 자녀들이 장성하여 결혼할 때 등등 웃음을 머금을 수 있는 일들이 얼마나 많았던가. 또한 아내나 남편을 만났을 때를 생각하면 자신도 모르게 웃음이 나올 것이다.

사람이란 죽을 때가 다가오면 자신도 모르게 지난날을 회상한다. 임종 때 미련이 남지 않으면 후회도 없다. 좋았던 지난날들이 생각나면 행복한 삶이라고 자찬할 수 있다. 노인이 된 현재, 나는 그렇게 살지 못하였다고 느낀다면 앞으로라도 열심히 살면 된다. 얼마 남지 않은 생인데, 후회한다고 과거로 되돌아가는 것이 아니다. 잘못한 것을 바르게 잡지 못한다면 하루빨리 잊어버려려야 한다. 노인이 되어 자책하고 후회하면 마음이 편치 않다. 잘못한 지난날을 생각하면 괴롭고 가슴 아프니까 잊어버리고, 마음 편안하게 살다 가면 된다. 그렇다면 하루하루를 활기차고 즐겁게 살아야 한다. 이 세상에 내 인생을 대신 살아 줄 사람은 아무도 없다.

필자는 즐겁게 살려고 노력한다. 월요일에 복권을 1장 구매하여 휴대폰 지갑에 끼워 놓는다. 당첨되면 되는 대로 좋은 것이고, 당첨되지 않아도 휴대폰을 쓸 때마다 복권이 보이기에 기분이 좋다. 또한 저녁을 먹을 때 삼겹살에 반주를 곁들인다면 그 또한 행복이라고 생각한다. 친한 동창생이나 신세 진 사람을 만나 밥을 먹어도 즐겁다. 젊었을 적에 아내를 만나 데이트하던 때를 생각하면 나 자신도 모르게 애달프고 웃음이 나온다. 애달픈 것은 돈이 없어 고기는 한 번도 먹어 보지 못한 것이고, 웃음이 나는 것은 그래도 그 시절을 생각하니 행복하였다는 생각이 들어서다. 우리는 구름이 흘러가는 대로 살자. 머리 썩이는 일은 하지 말고, 세월에 몸을 맡겨서 함께 흘러가면 마음이 편안하다. 근심 걱정이 있으면 마음이 편치 않고 불행하다. 하루 세끼 밥을 먹지 않아도 마음이 편안하면 행복한 것이다.

　노인들은 근심 걱정을 사서 하는 경우가 많다. 본인 몸은 챙기지 않고, 잘 살고 있는 자식이나 손주 걱정을 많이 한다. 한마디로 말해서 걱정투성이다. 이젠 모든 짐을 내려놓고 마음 편안하게 살자. 근심 걱정을 많이 하면 쉬 늙는다. 요즘에는 보릿고개가 없다. 밥을 먹지 못해 굶어 죽는 사람도 없다. 아니, 요즘에는 인생을 즐기려는 사람이 대부분이다. 국내 여행보다 외국 여행을 더 좋아하고, 상춘객이 많아도 시시한 데는 쳐다보지도 않는다. 다른 사람은 그렇게 잘나가는데 왜 나는 근심 걱정하면서 편안하게 마음을 못 가지는가. 우리 노인들이 걱정하지 않아도 지구는 돌고, 모든 일은 순리대로 이루어진다. 비가 오면 비가 오는 대로, 바람이 불면 부는 대로 태평스럽게 살자. 태풍이 와도 지진에 집이 무너져도 괜찮다는 그런 마음을 가져야 한다. 가슴과 마음을 펴고 근심 걱정을 접자. 그동안 생활 전선에서 영육을 얼마나 혹사했는가. 세월이 가는 것처럼 세상일은 순리대로 흐른다. 갈 때가 되면 가고, 올 때가 되면 온다고 생각하면 마음이 편하다. 근심 걱정한다고 달라지는 것은 아무것도 없다.

# 자식들을 차별하지 말자

자녀들을 편애하면 안 된다는 것을 우리 부모들이 잘 알고 있지만, 그것을 온전하게 실천한다는 것은 쉽지 않다. 우리가 자녀들을 키우면서 의식하지 않아도 편애하였고, 의식을 하고도 차별하였다. 이 아이는 맏이라서, 이 아이는 막내라서, 이 아이는 공부를 잘해서 등등 여러 가지 이유로 편애하였을 것이다. 특히 6~70대 이상의 노인들은 어렸을 때 맏이라서, 또는 아들이라는 이유로 사랑을 듬뿍 받았고, 또한 딸이라는 이유로 천덕꾸러기 취급을 받은 사람도 있을 것이다. 그때는 형제자매가 보통 대여섯이고, 많은 집은 열 명도 넘었다. 가난에 찌들어 배를 곯고 있는데 이 많은 자식을 균등하게 사랑을 베푼다는 것은 애초에 불가능하였을 것이다. 자녀 중에 맏이는 가정 형편에 따라 중·고등학교에 진학시켰고, 딸은 지금 말하면 초등학교만 겨우 보냈다.

하교 후에는 책보자기를 던져 놓고 농사일을 돕는 것이 일상사고, 농번기나 집에 바쁜 일이 생기면 등교도 하지 못했다. 그래서 70대 이후의 노인들은 초등학교를 졸업해도 한글을 바르게 쓰지 못하는 사람이 의외로 많다.

그런데 우리 세대는 어떠한가. 무의식으로 잠재의식이 남아 있었기에 아이들을 많이 낳지 않았다. 잘 키울 수가 없었기 때문이다. 또한 적수공권으로 시작한 타향에서 결혼하여도 월세방, 전세방으로 전전하면서 아이들을 키웠다. 그래서 자식을 많이 두면 3명, 적으면 1~2명을 낳고 피임하였다.

이젠 세월이 많이 변했다. 그때와 비교하면 물질적으로는 풍요를 이루었지만, 마음은 너무나 황폐해졌다. 특히 우리들은 자녀들을 돈으로 키웠기 때문에 버릇이 없을 것이다. 또한 우리가 부모에게 물려받은 그 차별을 은연중 아들, 딸을 구별하여 편애하였을 것이다. 이젠 아니다. 자녀가 맏이건 둘째건 편애하지 말자. 또한 딸과 아들도 차별하면 안 된다. 키울 때 차별하여 키웠으면 지금부터라도 똑같이 사랑을 베풀어야 한다. 재산을 물려줄 때도 절대로 딸, 아들 구별하여 차등을 두지 마라.

손주, 손녀도 마찬가지다. 누구는 장손이라서 편애하고 누구는 딸이라서 차별하는 경향이 있는데, 그러면 안 된다. 또한 외손주도 마찬가지다. 딸과 아들을 똑같이 사랑하는데 왜 외손주를 차별하는가. 이제는 그런 때가 지났다. 우리가 어렸을 때나 사회에 진출하였을 때나, 별것 아닌 것 같은데 차별 대우를 받으면 얼마나 서러웠는가. 특히 사회생활을 할 때 직장 상사에게 차별당할 때는 마음속으로 얼마나 괘씸하다는 생각이 들었는가. 바른말 한다고, 또한 작은 실수도 침소봉대하여 죽일 듯이 구박하고 진급에서 탈락시키며, 아부하는 녀석은 밀어 주고 이끌어 주는 상사를 겪어 보지 않았는가. 모멸과 설움, 고통은 겪어 보지 않은 사람은 절대로 모른다.

손주들에게 용돈을 줄 때도 절대로 차별하지 말고, 한꺼번에 많이 주지 마라. 일회성이 아닌데 기분 내키면 많이 주다가 기분이 좋지 않으면 안 주거나 적게 주고 이러면 절대 안 된다. 공평하지 못하면 주고도 원성을 듣는다. 즉, 일관성이 있어야 친손주건 외손주건 모두 할아버지, 할머니를 좋아한다. 우리가 겪어서 고통받은 퇴폐적인 산물을 왜 자식이나 손주들에게 물려주어야 하는가. 없어서 못 주는 것은 괜찮다. 그렇지만 차별은 절대로 안 된다. 늙어서 아버지, 어머니답지 않은 사람, 할아버지, 할머니답지 않은 모습을 절대로 보이지 않아야 한다.

　필자가 아는 지인은 며느리나 손주들이 찾아오면 입이 떡 벌어질 정도로 넉넉하게 용돈을 준다고 하였다. 딸이 외손주를 데리고 와도 똑같다고 하였다. 그 지인은 설, 추석 등 명절날이 아닌데도 거의 한 달에 한 번꼴로 손주들이 놀러 온다고 하였다. 물론 며느리나 손주들이 용돈을 받으러 오는 경향도 있겠지만, 그렇게 자주 얼굴을 맞대니까 조손 간에 정이 많다고 하였다. 필자가 그 말을 듣고 아이들에게 많은 용돈을 주면 버릇이 나빠진다고 말하자, 그 지인은 내가 죽으면 어차피 자녀들에게 갈 재산인데 살아 있을 때 며느리나 손주들과 화기애애하게 보내고 싶어서 그런다고 말하였다. 물론 틀린 말은 아니다. 죽을 때 가져가는 것이 아니기에 그러한 방법도 괜찮겠다는 생각이 들었다.

　그렇지만 필자의 생각은, 아이들에게 많은 용돈을 주는 것보다는 함께 외식한다든지, 유원지나 역사 관광지를 탐방한다든지, 다른 방법으로 사랑을 표현하는 것이 좋지 않겠나 생각한다. 독자들이 참고하였으면 한다.

# 생활에 변화를 주자

현재까지 생활해 오던 패턴을 퇴직 후에 근본적으로 뜯어고 치라는 말이 아니다. 필자가 말하는 것은, 내 삶에 변화가 왔으니 조금은 수정하자는 것이다. 당연한 말이다. 퇴직 후 일자리가 없는데 퇴직 전의 생활을 답습할 수가 없다. 그렇다고 할 일이 없는 노숙자인 양 무위도식할 수는 없는 것. 진취적으로 보람 있고 활기차게 살자는 것이다. 즉, 여태까지 살아온 방식을 약간 뜯어고 쳐서 새로운 목적의식을 가지고 생활하자는 것이다. 부질없이 거창하고 실천하지 못할 꿈을 꾸는 것이 아니라 마음만 먹으면 쉽게 할 수 있는 것부터 점차로 개선한다면 권태를 느끼지 않을 것이다.

일일 일선을 실천한다는 것은 어렵다. 노력과 끈기가 1년 동안 어떻게 하겠나 하는 생각이 들면 계획조차 세우기가 난감하다. 그러나 일일 일선보다는 주 일선, 월 일선은 어떤가. 그것도 가능성이 있는 안건으로 설정한다면 실천하기가 쉬울 것이다.

예를 든다면, 나는 아침밥을 먹기 싫어서 배우자가 혼자 먹었는데 함께 먹는다든지, 한 달에 한 번 정도는 부부가 함께 여행을 간다든지, 아니면 친구 부부와 함께 외식한다든지, 술을 자주 마시던 사람이 주 1회 혹은 2회로 줄여 본다든지, 술만 먹으면 심하게 술주정을 하였는데 이 버릇을 고쳐 본다든지, 아니면 일주일에 한 번 이상 아내나 남편에게 감사하다고 말하기 등등 작은 것부터 찾아보면 많을 것이다. 마음을 굳게 먹고 노력하면 얼마든지 내 주변을 개혁할 수 있다. 그것도 생활에 활력을 주고 아내나 남편을 비롯하여 지인들 모두에게 늙어 갈수록 철이 드네, 그런 말을 들을 수 있을 것이다.

계획 설정일은 퇴직한 날이나 해가 바뀌는 신정 또는 구정, 부부의 생일날, 결혼기념일이나 손자들의 생일날 등 특별한 날을 기준 잡아 시작하는 것이 좋다. 주변에 널리 알리고, 나보다 못한 저런 사람도 모범적으로 생활하는데 나의 나쁜 버릇을 고치지 못하고 환경을 개선하지 못한다면 말도 안 된다는 각오를 하고 시작하면 가능할 것이다.

퇴직하고 나서 생활에 변화를 주지 않으면 무기력해진다. 취미 활동도 괜찮다. 무엇을 하건 퇴직 전처럼 어느 정도는 활동성이 있어야 한다. 그래야 생활에 활력소가 있어 살맛이 나는 것이다. 그럼 나는 파친코와 화투를 좋아하는데 도박을 취미로 하면 되겠구나, 나는 주색잡기를 잘하는 데 본격적으로 뛰어들어야 한다고 생각하면 오산이다. 하고 싶겠지만 건전하지 못한 언행은 패가망신을 불러온다. 남편이나 아내, 자식들에게 배척당하고 사람 대접을 받지 못하는 그 어떤 언행도 늙어서는 절대로 하여서는 안 된다.

퇴직하고 난 후에 무엇을 할 것인가 생각하면 늦다. 퇴직은 예정된 것이다. 그러므로 모든 계획은 적게 잡아도 6개월 전부터 구상해야 한다. 그래야 퇴직 후 바로 실행할 수 있다. 퇴직 후 빈둥빈둥 놀고 있으면 본인뿐만 아니라 주위에서 보는 눈도 곱지 않다. 그렇게 세월을 보내다가 만성이 되면 나태해져서 아무것도 하기가 싫어진다. 즉, 퇴직 후에 하는 일이 없으면 모든 일에 의욕을 잃고 점점 무기력해지면서 만사가 귀찮아진다.

사람이란 환경의 동물이다. 처음은 힘들더라도 계획을 세워 개선 방향으로 달려가면 또 적응할 수 있다. 나는 그런 것은 못한다는 말은 하지 마라. 퇴직은 하였지만 남자는 가장이다. 가장은 가정에 대하여서는 무한 책임이 있는 것이다. 물론 가정 살림은 아내가 하겠지만 방향타는 남편이 가지고 있다. 거친 바다의 외항선 선장처럼 우리 집의 가정 호를 잘 조종하여야 한다. 어물쩍하다가는 퇴직하고 나니까 왜 그 모양이냐고 핀잔받는다. 황혼 이혼이 늘고 있다는 뉴스를 보았다. 황혼 이혼은 대부분 남편이 잘못해서 내쫓기는 것이다. 원인 없는 결과가 어디 있겠는가. 젊었을 적에 아내에게 너무 모질게 대하였거나 마음고생을 많이 주었기에 버림받는 것이다. 사랑하는 마음이 없거나 원수 같은 남편에게서 벗어나 여생을 행복하게 보내려는 것이다. 퇴직금과 그동안 모아 놓은 재산을 양분한다면 충분히 남편의 압제에서 해방되어 편안하게 살 수 있다는 자신감이 들어서다. 연금을 받아도 마찬가지다. 이혼하면 아내에게 일정 지분이 강제 할당된다. 한마디로 요약하자면, 늙어서 큰소리치지 말고 아내에게 잘해 주라는 말이다. 젊었을 적에 시집와서 내조를 잘하였기에 정년퇴직하게 된 것이고 이만큼 잘살게 된 것이라고 생각해야 한다. 우리 늙은이에게는 불행은 항상 예고 없이 찾아온다. 건강할 때 고생한 남편이나 아내에게 최선을 다하자. 그래야 내가 병이 들어도 아내나 남편이 정성으로 간호해 줄 것이다. 고희가 넘어도 경제권을 움켜쥐고 아내를 속박하는 사람들을 더러 보았다. 사업이나 직장에 다닐 때는 편의상 어쩔 수 없이 관리하였으면 은퇴 후에는 아내에게 넘겨주어야 한다. 평생을 뒷바라지해 온 아내인데 왜 믿지 못하는가. 나이가 들면 믿고 의지할 사람은 아내와 남편이다. 여태까지 묵묵히 내조해 온 아내가 어깨 으쓱거리면서 환하게 웃는 모습을 보고 싶지 않은가? 늦었지만 이제라도 유아독존처럼 언행을 하지 말고 아내를 존중하자. 그렇게 해야 남은 삶 부부 동반으로 행복한 여행이 될 것이다. 사람이란 원성과 불만이 쌓이면 어느 때 폭발할지 알 수가 없다. 경제권을 독점한 채 아내를 무시하는 사람들은 각성하였으면 한다.

# 일을 벌이지 말자

젊었을 때는 회사나 사업 등 평생을 종사한 직장에서 최선을 다하여 열심히 일하였다. 그런데 퇴직하거나 또한 나이가 들어 하던 일을 접으면 허전한 마음이 든다. 보통 1년 정도는 그동안 못 해 본 것을 하면서 나름대로 시간을 보내지만, 뭔가 아쉬운 마음도 들고 지겨워진다. 이때쯤 되면 은근히 좀이 쑤시고, 놀아서는 안 된다는 생각이 들어 무엇인가 손을 대 보려고 별궁리를 다한다. 그러다 보면 획기적으로 참신한 아이디어가 떠오른다. 여러모로 생각을 해 봐도 분명히 성공할 것 같다. 또한 눈앞에 돈이 보이는 것 같아 마음이 조급해진다. 이때는 아내나 남편, 자식들이 만류해도 마이동풍이다.

필자는 전적으로 권하지 않는다. 그동안 벌어 놓은 재물을 다 쓰지도 못하고 죽을 것인데 무엇 하려고 탐욕을 부리는가. 퇴직하였거나 젊음을 다 바쳐 일하였던 사업을 접었으면 은퇴한 것인데, 왜 일을 벌이려고 하는가. 큰돈을 투자하는 자영업이나 사업은 절대로 손대면 안 된다.

필자의 전직 동료가 퇴직하여 거창하게 창업하였지만 모두 실패하였다. 두 사람이 3년을 버티지 못하고 사업을 접었다. 물론 투자한 원금도 회수하지 못한 채 쪽박을 차고 말았다. 그 후 지인은 대출까지 받아 다른 사업에 뛰어들었는데, 그 사업도 오래가지 못했다. 결국 그 전직 동료는 몸과 마음이 망가져 폐인처럼 지내고 있다. 나이가 들면 별별 생각을 다 하게 되고, 똥고집만 생겨서 충동적으로 일을 벌이는 경우가 많다. 본인은 심사숙고하였다고 장담하면서 큰소리친다. 그러나 객관적으로 보는 아내나 주위 사람들은 아닌 것 같아 만류하지만 듣지 않는다. 나이가 들어갈수록 현실에 맞춰 살아야 하는데, 그 나이에 돈을 많이 벌겠다고 투자하는 자체가 잘못이라고 생각한다. 그것도 그 방면으로 전문가도 아니면서…. 그것은 맨땅에 헤딩하는 꼴이다. 노후에는 근심 걱정 없이 마음 편안한 것이 행복한 것이다. 회사나 공직 생활, 아니면 사업을 하였던 사람도 현직에 종사할 때는 열심히 일하고 돈을 벌었지만, 퇴직한 후 노년에는 수성을 해야 한다. 현직에서 물러났으면 이미 나이가 예순은 넘었을 것이다. 그런데 생소한 분야에 뛰어들어 돈을 벌겠다고 마음을 먹는다면 패망의 지름길로 접어들었다고 봐도 틀린 말이 아닐 것이다. 물론 백에 하나 정도는 어쩌다 성공할 수도 있을 것이다. 그렇지만 1%의 기적을 바라면서 99%의 삶을 베팅하지 마라. 그것은 미친 짓이다. 가진 것만 아껴 써도 충분한데 더 가지려고 하다가 탈탈 털리면 누굴 원망하겠는가. 세상에서 제일 무서운 것이 욕심이다. 물론 많이 가지려고 노력하는 것은 우리 인간의 본능이다. 그러나 갈 길이 얼마 남지 않았는데, 더 많은 재물을 가져서 뭘 하겠는가. 죽을 때 수의 한 벌 입고 간다. 수의에는 주머니가 없다. 그것은 이승을 떠날 때 태어난 맨몸뚱이로 돌아가라는 뜻이다. 우리 세대는 힘들게 살아왔다. 궂은일도 마다하지 않고 오직 자식과 가정을 건사하려고 밤낮없이 돈을 벌려고 노력하였다. 그렇게 일하였으니까, 은퇴한 노년에는 굶지 않고 세끼 밥을 먹는 것이다. 그것이 힘들게 살아온 지난날에 대한 보상이라 생각하고 유유자적 살아야 한다. 돈은 귀신도 부린다는 말이 있듯이, 노인도 돈이 있어야 제대로 사람 대접을 받는 세상인 것은 틀림없다. 화목한 가정도 돈이 없으면 부부 금실이 깨어지고, 형편이 곤궁하여 밥술도 뜨지 못하면 자식도 돌아보지 않는다. 손주들도 용돈을 주면 좋아하고, 안 주면 재롱도 부리지 않는다. 무엇이건 간에 지키는 것을 수성이라 한다. 공성보다는 수성이 어렵다는 것은 모두 알 것이다. 우리 나이에는 수성이 최고다. 무엇인가 꼭 하고 싶으면 많은 돈을 투자하는 사업은 절대로 하지 말고, 있는 재산 그대로 지키면서 소일거리 삼아 하라. 돈을 벌겠다는 욕심을 접고 내가 몰랐던 분야를 체험한다는 마음으로 하면 된다. 아니면 가정 경제에 무리가 가지 않는 한도에서 투자할 곳을 찾아도 된다. 필자도 퇴직 후 뭔가 일을 벌이고 싶었는데, 아내가 극구 반대하였다. 전문가도 사업을 벌이면 안 되는 세상인데 세상 물정이나 돈을 모르는 당신이 일을 벌이면 백패라고 적극 만류하였다. 그냥 글이나 쓰고 취미 활동이나 하면서 노년을 보내라고 충고하였다. 당신이 저질러 놓으면 그 뒷감당은 100% 내 몫이라고 강짜를 부리기에 언감생심 백기를 들지 않을 수가 없었다. 우리 노인들은 먹고 살기 위해 일을 벌이는 것이 아니기 때문에 자제하자. 있는 것만 아껴 써도 굶지 않을 것이고, 적어도 현 상태는 유지할 수 있지 않겠는가. 늘그막에 아내나 남편에게 퇴출당하면 자식도 받아 주지 않고, 사고무친 설 자리가 없을 것이다. 괴로움은 인간을 죽이지 못하지만, 절망은 인간을 죽이는 흉기가 된다. 일을 벌여서 패가망신하면 희망이 없는데, 어떻게 정상적인 생활을 꾸려 갈 수 있겠는가. 그때 가서 '아! 옛날이여' 찾아봐도 되돌릴 수가 없다.

# 능동적으로 살자

사람이 수동적으로 살다 보면 발전이 없다. 아니, 사회생활을 하는 데 도움이 되지 않는다. 즉, 다른 사람들은 뛰어가는데 자신은 엉금엉금 기어서 가는 것과 진배없다. 무슨 일을 하건, 어떻게 살건 간에 수동적으로 살다 보면 사람이 움츠러들고, 웬만해서는 용기가 나지 않는다. 사람은 태어날 때 고유 혈액형을 가지고 태어나듯이 어느 정도는 기본 성격이 있다. 그 성격도 성장기에는 환경에 따라 변하기도 하고 굴절되기도 하지만, 근본은 쉽게 변하지 않는다.

우리가 살아감에 있어 어떤 성격이 좋다고 한마디로 정의를 내리기란 쉽지 않다. 성격이란 저마다 장단점이 있기에 콕 집어서 이런 성격이 좋다고 단정한다는 것은 어불성설이다. 그러나 필자가 생각할 때는 기본적인 성격은 고칠 수가 없지만, 살아가는 데

불편을 느낀다면 약간은 수정하였으면 좋겠다. 우리가 사회생활을 할 때 쾌활하고 능동적인 성격을 가진 사람이 업무 추진력도 좋고, 활동성도 뛰어남을 보아 왔다. 있는 듯 없는 듯 과묵하게 맡은 일을 처리하는 것도 좋지만, 이왕이면 나의 존재감을 드러내는 것이 낫지 않겠는가. 현시대는 가만히 있으면 남이 알아주지 않는다. 즉, 자기 홍보는 어느 정도 해야 한다. 꼭 남이 알아주길 바라는 것이 아니라 수동적으로 살다 보면 많은 것을 손해 보기 때문이다. 사람이 능동적으로 살다 보면 좋은 점이 한둘이 아니다.

필자도 어렸을 때부터 숫기가 없어 남 앞에서 제대로 말도 못 했고, 특히 여자 앞에서는 괜히 불안하였다. 잘못한 것도 없고 그렇다고 부끄럼을 타는 것도 아닌데, 남 앞에 나서기가 참으로 껄끄러웠다. 그래서 마땅히 해야 할 말도 침묵으로 넘기고, 그것이 쌓이다 보니 사람을 상대하는 것이 두려웠다. 특히 사회생활을 할 때 침묵은 황금이 아니었고, 많은 불이익을 가져왔다. 그래서 필자는 사생결단으로 성격을 개조하려고 혼자 있을 때 연습도 하고, 사람과 대화를 먼저 나누었다. 그렇게 1년 정도 노력하자 나 자신도 모르게 남 앞에 서도 떨리지 않았고, 리더를 할 수 있을 정도로 언변이 괜찮아졌다. 지금도 필자는 친불친 가리지 않고 먼저 대화를 하는 편이다. 그런 나에게 아내는 지인이냐고 물었다. 오늘 처음 보는 사람이라고 말하자, 아내는 모르는 사람인데 마치 오랜 지기를 만난 것처럼 자연스럽게 말하느냐고 고개를 갸우뚱거리지만, 나는 그것이 피나는 노력으로 일구어 낸 열매라고 생각한다.

우리는 주어진 운명을 따라 살아간다. 똑같은 길을 가도 능동적인 사람은 앞서가고, 수동적으로 움직이는 사람은 항상 뒤를 따라간다. 물론 전부 그런 것은 아니지만 그 결과가 확연히 틀린다는 것을 알아야 한다. 우리가 살아오면서 수많은 사람을 만났고, 현재도 여러 사람과 교류하고 있다. 그것이 바로 삶이고 인생이다. 그러나 사람의 삶이 사람과의 만남이라 하지만 사고방식이 완전하게 다른 사람을 가까이할 필요는 없다. 근묵자흑이라 했다. 내가 그 사람으로부터 도움을 바라지는 않지만, 피해를 봐서도 안 된다. 대화를 나누어 보면 인간성 더러운 사람은 대강 감이 온다. 물론 선입감만 가지고 사람을 평가하면 안 되지만, 한두 번 만나고 대화를 나눠 보면 어느 정도는 파악할 수가 있는 것이다.

우리는 수 성상을 살아오면서 사회 경험이나 보고 듣는 것이 많아서 관록이 적지 않게 쌓였다. 내 스스로 나를 하찮게 생각하면 누구도 알아주지 않는다. 집이나 밖에 나가서 색깔 없이 가만히 있으면 있는 줄도 모른다. 부부지간도 말이 없으면 밋밋해지고, 자녀들도 챙겨 주지 않는다. 지인이나 친구들도 꾸어다 놓은 보릿자루 취급한다. 나이가 들면 흰머리만 늘어나는 것이 아니고 쓸데없는 잔소리와 근심 걱정도 따라 는다고 하였지만, 할 말은 하고 살아야 한다. 기가 죽어 돼 가는 대로 지켜보는 것보다는 할 말을 하는 것이 좋다. 어디를 가건, 아니면 어느 단체건 간에 좌중을 사로잡는 언변, 그런 능동적인 사고방식을 가진 사람이 대접받는 세상이다.

우리가 사회생활을 하면서 동창 모임이나 부부 모임 등 살아가면서 한 달에 몇 번의 모임은 있을 것이다. 넉살이나 붙임성이 좋은 친구나 계원이 보따리를 풀면 분위기가 살아나고 좌석이 화기애애하지 않던가. 나이가 들수록 말을 잃으면 안 된다. 말을 잃으면 그만큼 고독하고 침울해진다. 그러면 매사에 의욕을 잃는다. 우리가 어렸을 때 어른들이 사람은 태생대로 산다고 말하였다. 그 말은 타고난 본성은 잘 변하지 않는다는 말일 것이다. 그러나 우리의 삶이 불편하고 사회생활에 적합하지 않으면 조금은 고칠 필요가 있다고 생각한다. 특히 우리 노인들은 능동적이고 긍정적으로 살아야 삶의 보람을 느끼고 활력이 솟을 것이다.

# 잔소리와 간섭은 금물이다

　노인이 되면 양기가 입으로 다 간다는 말을 어렸을 때 들은 적이 있다. 그때는 그 말이 무슨 뜻인 줄 몰랐는데 이젠 알 것 같다. 필자도 회사에 다닐 때나 젊어서 사회생활을 할 때는 생각을 많이 하기에 입이 무겁다고 정평이 났는데, 나이가 든 요즘에는 말이 많아진 것이 틀림없다. 가만히 생각해 보면 젊었을 때보다 나이가 어느 정도 든 요즘에 몇 배는 잔소리를 하는 것 같다. 필자는 잔소리나 간섭이 아닌 웃으려고 악의 없는 농담을 하는데, 옆에서 듣는 사람은 그렇게 생각하지 않는 것 같다. 특히 아내가 진심인지 농담인지 구분을 못 하고 썰렁하다고 핀잔을 많이 준다.

　노인네가 쓸데없이 주책을 떨어서도 안 되지만 그렇다고 하루 종일 마음 고름으로 살아가는 건 분위기가 무거워 안 된다. 그렇지만 우리 노인들이 할 말만 하고 쓸데없는 간섭이나 잔소리는 자제하는 것이 맞다고 생각한다. 아내나 남편, 자녀에게 '이렇게 해라, 저렇게 해라' 말하면 간섭 같고 잔소리로 들릴 것이다. 특히 우리 노인들은 나이를 먹을수록 잔소리도 많고 까칠해지는 것은 자연적인 현상이기에 조금은 자제하여야 한다.

세상도 우리가 어렸을 때의 세상이 아니다. 우리는 어른들의 눈을 의식하면서 자랐지만 요즘 아이들은 노인들은 안중에도 없다. 길을 가다가 학생들이 담배를 피우는 것을 꾸짖으면 욕설과 삿대질을 하면서 덤벼드는 것이 보통이다. 더 훈도하면 주먹에 봉변당한다. 우리 노인들은 학생들이 담배를 피우고 있어도 잔소리 하지 말자. 주취자가 칼부림하여도 간섭하지 말자. 부모 말씀도 안 듣는 애들 꾸짖어 본들 쓸데없는 짓이고 입만 아프다. 하늘이 무너지고 지구가 떠내려가도 모른 척하자. 마음이 편치 않고 목불인견이면 경찰에 신고하면 된다.

내 자식을 가르치는 것도 머리가 굵어지면 늦은 것이다. 손주들 인성 교육이나 예절 교육도 구세대 할아버지나 할머니가 할 수 없다. 자녀들이 맡기지 않을 뿐만 아니라 어쩌다가 잘못을 꾸지람해도 수긍하지 않는다. 가꾸지 않은 땅은 내 땅이 아니고, 보살피지 않은 자식은 남이라고 하였다. 나무는 어렸을 때 버팀목을 대고 곧게 크도록 가꾼다. 자식도 성년이 되기 전에 인성이나 감성이 있는 인간으로 키워야 하는데, 성인이 된 자식들은 늦어도 너무 늦어 부모 말을 듣지 않는다. 이제 우리 늙은이들은 자식을 생각하지 말고, 손주들에게도 과한 관심은 거두자. 우리 노인들은 부부를 위해 살고, 누구 하나 먼저 가면 나 자신을 위해 살자. 자식이 성년이 훌쩍 넘어 장년이 되었을 것인데, 자식이나 손주 걱정으로 노심초사할 필요가 없다. 자식이 넓은 세상 훨훨 날아다니도록 품에서 놓아준다고 생각하자. 이미 머리가 굵어진 자식에게 잔소리가 아닌 참소리를 하여도 노인네가 간섭하는 것처럼 들려서 거부감을 가진다.

우리도 클 때 어른이 꾸지람하면 반감이 들었는데, 요즘 세대는 더하다. 관심이라 포장하여 강요하지 말자. 자녀들의 나이가 들었으면 절대로 이래라저래라 잔소리하면 안 된다. 마땅히 하는 지시 사항도 잔소리로 생각하기 쉬우니 묻고 조언을 구하지 않는 이상 가르치려고 생각하지 말자. 우리나라 사람은 친절하고 또한 오지랖이 넓다. 그것도 우리 노인들은 입을 닫고 있으면 가시가 돋는지 잔소리가 심한 편이다. 자식을 어렸을 때의 자식으로 생각하는지 항상 어쭙잖고 불안하게 보면서 간섭하는 경향이 많다. 자식은 소유물이 아니다. 자식들 듣는 곳에서는 푸념도 하지 말자. 자녀들이 결혼하여 분가하였거나, 그렇지 않으면 함께 살기도 할 것이다. 자녀와 우리는 가치관이 다르고 서 있는 경계가 다르므로 충고하여도 고리타분하게 여기고 받아들이지 않는다. 괜히 간섭하였다가 자녀들이나 며느리에게 눈총받는다. 자녀들에게 간섭하고 잔소리가 심하면 우리 스스로 더 큰 위험 속으로 발을 내딛는 것과 같다. 부모가 꾸지람하였다고 등 돌리고 사는 젊은이도 많이 보았다.

노인이 대접받는 시대는 이미 지나갔다. 사회에서는 퇴물 취급하고 측은하게 여길 뿐이다. 우리가 젊었을 적에는 버스에 경로석이 없어도 어른이 승차하면 자동으로 일어났다. 그런데 요즘은 전철 경로석에도 버젓이 앉아서 눈을 감고 자는 척하는 젊은이가 많다. 덕목은 절대적인 개념이 아니다. 시대와 환경에 따라 변하는 종속 개념이다. 우리가 젊었을 때를 생각하지 말자. 이 좋은 세상 우리 노인들은 건강하게 오래 사는 것이 최고다. 잔소리하고 간섭하는 것은 긁어 부스럼 만드는 것이다. 우리 노인들은 부부를 위해 사는 것이 최선이다. 서로 의지하고 버팀목이 되어 알콩달콩 살자. 짝이 죽고 없다면 자신을 위해 살고, 집에서나 밖에서나 품위 있게 행동하자.

# 베풀면서 살아라

필자가 이렇게 강조하니까 재산이 넉넉하여야 베풀 것 아니냐고 반문할 것이다. 살림이 풍족하지 않은데 또는 나보다 부자들이 많은데, 가정은 생각하지 않고 빚내서 도와주라는 말인가. 그 말이 틀렸다는 것은 아니다. 그렇다. 남에게 베푼다는 것은 쉬운 일은 아니다. 또한 내가 가진 것이 없으면 실천하기가 어렵다는 것은 불문가지다.

그러나 필자가 말하고 싶은 요지는 많은 돈으로 베풀라는 것이 아니다. 많은 돈으로 남을 돕는 것은 적선이지 온정이 아니다. 오늘날 밖에 나가면 돈이 아니라도 마음을 열면 얼마든지 베풀 것이 많다. 어렸을 때 어른들이 조금 손해를 보면 보시한 것이라 말하였다. 그때는 그 말의 뜻을 몰랐는데 크고 보니까 알게 되었고, 참 마음이 넉넉하며 인심도 후하다고 생각하였다. 각박

한 요즘 세상에도 마음만 먹으면 얼마든지 일시적으로 어렵거나 곤경에 처한 사람에게 온정을 베풀 수가 있다.

예를 들어 보자. 같은 동네, 혹은 같은 아파트에 사는 사람이 무거운 장바구니를 들고 가면 내가 누구라고 밝히면서 들어 준다든지, 불편한 사람을 부축해 준다든지, 전동차에서 몸이 불편한 노인에게 좌석을 양보한다든지, 길을 묻는 사람에게 상세하게 길 안내를 한다든지, 마음만 먹으면 베풀 것이 눈에 뜨일 것이다. 또한 적은 돈이지만 긴급하게 필요로 하는 사람을 도울 수도 있을 것이다. 텃밭을 하고 있다면 손수 가꾼 무공해 채소를 이웃에게 나누어 줄 수도 있다. 놀이터에 노는 아이들을 위해 돌이나 위해 물질을 남몰래 주울 수도 있다. 그렇게 힘이 들고 어려운 것이 아니다. 마음만 먹으면 얼마든지 할 수 있다.

또한 아내나 남편에게도 베풀 것이 많다. 설거지를 도와준다든지 시장이나 마트에 함께 가서 구매한 물품을 들어 주든지, 카트를 밀고 따라다니든지, 찾아보면 작은 돈이나 몸으로 보시할 것이 너무 많다. 베푸는 마음은 부부에게 참으로 소중하다. 아내의 눈썹에 이슬방울이 매달리면 안 된다. 또한 남편의 고뇌 어린 가슴을 따뜻한 마음으로 감싸 주어야 한다. 그동안 사업이나 직장에 매달려 숨 가쁘게 살아온 세월인데, 이젠 좀 마음에 여유를 가지고 살자. 서로에게 애정을 표시하면서 베푼다는 마음으로 살자. 그러면 아내나 남편이 소중하고 듬직하게 보일 것이다. 공기나 물이 우리에게 소중한 것이지만 잊고 사는 것처럼 아내나 남편이 곁에 있지만 무심하게 보았고, 나를 위주로 살아왔기에 상대방의 아픔을 보지 못한 것이다.

마음을 열고 남에게 베푸는 것은 좋은 것이지만 바보 멍청이 소리는 들으면 안 된다. 무슨 말이냐 하면, 한 사람에게 정기적으로 물질이나 마음을 계속 베푸는 것은 바람직스럽지 않다. 그것은 혜택을 받는 사람이 당연하게 권리로 착각하기 쉽다. 으레 맡겨 놓은 것처럼 '또 주겠지, 줄 때가 되었는데' 생각하고 있다가 안 주면 마음속으로 원망한다. 그리되면 베푸는 사람도 본래의 색이 바래지고 수혜자는 인간의 본성을 상실하고 뻔뻔해진다.

우리는 살아오면서 곤경에 처한 때가 여러 번 있었을 것이다. 10여 년 전, 필자도 환승 제도가 없을 때 곤란을 겪은 적이 있었다. 농장에서 일을 하다가 화물차를 놔두고 귀가할 일이 있어 무심코 버스 정류소로 향했다. 버스를 두 번 타야 집에 갈 수 있는데, 한 번 탈 수 있는 잔돈만 주머니에 있었다. 차비가 없어

난감해하고 있는데, 지나가던 50대 남자가 교통비를 선뜻 주기에 너무나 감사하였다. 명함이라도 한 장 달라고 하였는데, 그 사람은 신경 쓰지 말라면서 총총히 가던 길을 가 버렸다.

몇 달 지난 어느 날, 필자가 전철역에서 차비가 없어 도움을 요청하는 사람을 만났다. 도움을 받았던 그때가 생각나서 기분 좋게 교통비를 주려는데, 그 남자는 많은 돈을 요구하기에 거절하였는데 후회하는 마음이 오래도록 남았다.

1980년대 초, 필자가 결혼할 때였다. 당시에는 자가용이 드물었고 택시도 그렇게 많지 않았다. 결혼식을 마치자마자 택시를 하는 친구가 영업도 팽개치고 부산 시내를 관광시켜 준 사실이 있었다. 수십 년이 지나도 필자는 아직도 그 친구의 고마움을 잊지 못하고 있다.

그렇다. 우리는 더불어 사는 사회다. 작은 것이라도 베풀면 받은 사람은 오래도록 기억에 남아 잊히지 않는다. 내가 베풀 수 있는 한도 내에서 베풀면 된다. 재정이 넉넉하다면 많은 돈으로 베푸는 것도 괜찮다. 비록 물질적으로 상대방을 돕는 적선이지만 그만한 이유가 있을 터, 나쁘다고 생각하지는 않는다. 필자가 생각할 때는 적선도 괜찮지만, 굳이 그렇게 하지 않아도 작은 것 또는 몸으로 행하는 보시는 받는 사람이나 주는 사람 모두 훈훈한 미소를 자아내게 한다고 믿는다. 누구에게나 베풀고 산다는 것은 기분 좋은 일이다. 특히 가장 가까운 짝에게는 일상생활이 되어야 한다.

# 자식의 그릇 크기를
# 가늠해 보아라


　자녀들이 태어나서 자라는 모습을 가장 가까운 곳에서 지켜보았던 사람이 부모다. 자식의 성장에 따라 희로애락을 함께 느끼면서, 남편이나 아내에게 바친 정보다 쏟아부은 관심이 더 크고 많을 것이다. 그러나 부모가 자식들을 정성 들여 가꾸어도 기대에 미치지 못하는 경우가 많다. 바르게 잘 자란 자식은 어미의 울타리가 되고 아비의 보루가 되는데, 그렇지 못한 자식도 있다는 것이다. 이젠 잔뼈가 굵어진 자식을 어떻게 되돌릴 수 있겠는가. 큰 나무로 키우지 못한 자신을 원망해야지 남 탓을 할 수가 없다. 농사 중에 가장 큰 농사는 자식 농사다. 옛말에 자식 농사는 정승도 마음대로 하지 못한다고 하였다. 그러나 부모는 가정 경제가 어려워 대학교나 외국 유학은 보내진 못해도 마땅히 사람으로서 갖추어야 할 근본은 가르쳐 주어야 한다.

옛날에는 아비 없는 자식을 욕할 때 후레자식이라고 하였다. 그것은 조실부모하여 어른이 되는 공부를 하지 못했기에 조금만 잘못해도 그런 욕을 먹었다. 그런데 요즘은 자식을 천방지축으로 키우는 부모가 의외로 많다. 학식은 장식품이 아닌 필수품이지만, 먼저 사람이 되어야 한다. 학문, 즉 지식을 가르치는 자는 학교 선생이지만, 사람의 도리나 인성을 가르치는 것은 부모다. 우리 아이들이 태어난 것은 아이들의 선택이 아니고 부모가 원해서다. 자녀 교육에 왕도는 없다. 그렇지만 내 자식을 적어도 인의 도리를 아는 사람으로 키워야 한다. 그것이 바로 부모의 자식 교육이다. 부모가 자녀를 사회에서 존경받는 엘리트로 키웠다 하여도 인성이 없는 인간이며, 그 끝이 좋지 않다. 본인뿐 아니라 부모 형제 등 주변 사람들에게도 불행을 준다.

돈 때문에 부모를 폭행하고, 죽이고, 유기하는 등 패륜범죄가 우리 주변에서 빈번하게 발생하고 있는데, 안타까움을 금할 길 없다. 인성이 없는 자식은 불학 무식자보다 더 못하다는 것을 부모가 간과한 결과다. 이웃에 불한당이 살면 피해를 보는 것은 불문가지다. 사람답게 키우지 못한 자식은 흉기다. 또한 부모나 형제가 제일 먼저 피해를 본다. 무관심으로 방치하다가 내 자식이 그런 일을 저지를 줄 몰랐다고 뒤늦게 한탄한들 이미 벌어진 일을 되돌릴 순 없다.

자식을 범죄자로 만들기 싫으면 대책을 세워야 한다. 그 방법은 부모가 자식을 바라볼 때 삼자의 안목으로 봐야 한다. 그러면 내 자녀가 어떻게 성장하였고, 사회생활을 어떻게 하고 있으며, 또한 성격이나 심성이 어떻다는 것을 세세하게, 그 그릇의 크기를 알 수 있을 것이다. 여태까지 그것을 볼 수 없었던 것은 자식을 사랑하는 부모의 눈으로 보았기 때문에 가려져 있었고, 또 봤어도 애써 외면하였다. 사회에서 일어나고 있는 패륜 범죄와 내 자식의 됨됨이를 대조해 보자. 성악설이니 성선설이니 옛날 성현들이 탁상공론을 벌였지만, 현실에 동떨어진 논리다. 물론 틀린 말은 아닐 것이다. 그러나 필자의 지론은 주변 환경에 영향을 받아 그렇게 되었다고 생각한다. 특히 자식들이 어렸을 때는 보고 듣는 것이 머리에 박혀 그대로 뿌리를 내린다. 부모의 모든 언행은 자녀들에게 산교육이 되어 평생을 함께한다. 그 사고방식을 이제 와서 고치기는 어렵다고 본다. 다 큰 자식을 어린아이로 되돌릴 수도 없을 뿐더러, 성격도 바꿀 수가 없다. 하루라도 빨리 대책을 세워야 한다. 그래야 노후에 피눈물을 흘리지 않을 것이고, 흘려도 적게 흘릴 것이다. 이것을 예방하려면, 첫 번째는 모든 재산을 처분해야 한다. 자식을 모두 불러 모아 적절하게 분배하라. 이때 중요한 것은 부모 몫은 호구지책 할 정도면 족하다. 모든 범죄는 돈 때문에 발생한다. 개망나니 자식은 부모가 돈이 없으면 관심이 없다. 부모가 죽으면 재산은 자녀들에게 넘어가는 것은 정해진 법이다. 차라리 살아 있을 때 재산을 물려주는 것이 좋다. 재산을 물려줄 때 효도 계약서를 반드시 받아서 공증하라. 효도 내용은 보통 상식선에서 정하고, 탄력적으로 운용하면 된다.

두 번째는 모든 재산을 정리해서 양로원이나 요양원으로 들어가라.

세 번째는 복지재단, 학교 장학재단 등 공익재단에 기부하라.

네 번째는 도망을 가라. 재산을 물려주기 싫으면 이 길밖에 없다. 자녀들 몰래 모두 정리하여 모르는 곳에 은둔해야 한다. 죽기 전에 다 쓰면 된다. 망나니 자식이 있으면 재산에 기여도가 없어도 마치 맡겨 놓은 것처럼 당당하게 요구하고, 들어주지 않으면 화를 당한다. 내가 화를 당하는 것보다 자식을 패륜 범죄자로 만드는 것이 더 슬프다. 무자식이 상팔자라는 말이 왜 있는가. 망나니 자식은 없는 것보다 못하다. 단, 내가 부모로서 도리를 다하지 못했다면 자식 탓을 하지 말고 무조건 다 주어라. 부모 재산을 노리는 망나니는 경계하고, 사전에 그 싹을 제거해야 한다.

# 목욕탕에 자주 가라

젊었을 때는 샤워도 자주 하고 목욕탕이나 사우나 탕에도 많이 다니지만, 나이가 드니까 어쩐지 씻는 것이 귀찮다. 어느 때는 외출하고 돌아와서 씻지도 않고, 겉옷만 벗고 잠자리에 파고든다. 그런 때는 아내의 잔소리를 듣고 난 후 어쩔 수 없이 대충 씻는 척한다. 남자는 나이가 들수록 젊었을 때 하던 소소한 일들이 하기가 싫어진다. 혼자 있으면 밥도 챙겨 먹기 싫다. 잠깐 밖에 나가는 것도 추우면 춥다는 이유로 따뜻한 방 안에서 TV나 보는 것이 좋고, 더우면 에어컨 밑에서 수박이나 먹는 것이 행복하다고 생각한다. 물론 이렇게 산다고 나쁜 것은 아니다. 그렇지만 나이가 들면 들수록 남자나 여자나 노화가 더 빨리 와서 냄새가 난다. 우리 노인들은 그 냄새를 지워야 한다.

우리가 느끼지 못하지만, 사람은 40대부터 노화를 일으키기 때문에 남자나 여자나 냄새가 나는 것은 기정사실이다. 젊었을 적에는 물을 가까이하고 화장품을 바르기 때문에 감춰진 것이지 노화가 멈춘 것이 아니다. 또한 냄새를 분비하지 않는 것도 아니다. 나이가 들면 들수록 씻기를 싫어하고, 화장품도 젊었을 때처럼 바르지 않기 때문에 냄새를 맡을 수가 있는 것이다.

나이가 들어 가면 여자는 남성화되어 '무슨 모임이다, 봉사 활동이다, 무엇을 배우러 간다'는 등 집에 붙어 있지 않고 활동적이다. 외출할 때는 씻고, 화장품 바르고, 광을 내니 냄새가 안 난다. 또 귀가하여서는 아무리 피곤해도 깨끗하게 씻으니까, 냄새가 나지 않는다. 우리 남자들은 귀찮아서 하기 싫은데 여자는 할머니가 되어도 변하지 않는 여자인가 보다. 하긴 목욕탕에 가거나 등산, 운동을 하러 갈 때도 화장하고 나서니 할 말이 없다.

안 씻으면 어린 손주들은 할아버지, 할머니에게 냄새가 난다면서 옆에 오지 않으려고 한다. 고희가 넘은 필자가 외출할 때 엘리베이터나 전동차 등 밀폐된 공간에 노인들과 함께 있으면 쾨쾨한 냄새를 맡을 수가 있다. 그것도 할머니들은 밖에 나올 때 씻고 화장품을 바르기 때문에 괜찮은데, 할아버지들은 냄새가 많이 난다. 특히 담배를 피우는 노인은 양치질하고 외출하겠지만,

그래도 담배와 땀 냄새까지 어우러져 머리가 아프다. 물론 깔끔한 노인들은 냄새가 나지 않고 은은하게 향수 냄새를 풍기는 것이 '참 멋있게 늙었구나', 생각하면서 부러운 마음이 들기도 한다.

필자가 목욕탕에 자주 가라는 말은 날마다 씻으라는 말이다. 굳이 목욕탕에 가지 않아도 집에서 샤워하면 된다. 여름에는 그나마 대충 씻는데, 겨울에는 추우니까 하기가 싫다. 필자도 잔소리를 듣고 나서 속곳을 갈아입고 마지못해 씻는다. 하기가 싫어서 그렇지 씻고 나면 깔끔하고 기분이 좋은 것은 사실이다. 여유가 있다면 1년 목욕 티켓을 끊으면 좋은데, 비싸다. 특히 목욕과 헬스를 같이하는 곳도 있지만 부담이 되어서 필자는 엄두도 내지 못한다. 목욕과 헬스를 함께 하면 체력 증진도 되고 몸도 깨끗해지겠지만, 가정 경제에 무리를 주면서까지 한다는 것은 미친 짓이기에 집에서 자주 씻고 운동할 수밖에 없다.

몸은 늙었어도 사람 몸은 움직이는 대로 반응하고 적응한다. 과하게 하지 않고 체력에 맞춰 움직인다면 건강에 도움이 되는 것은 주지의 사실이다. 건강해지려면 자주 씻고 몸을 많이 움직이는 것이 최고다. 보약은 먹을 때뿐이다. 물론 안 먹는 것보다는 좋겠지만 1년 365일, 또는 연년이 먹을 수는 없다. 보약값도 문제지만, 그렇게 먹는다고 하여 우리 몸이 모두 흡수하는 것이 아니다. 즉, 노인들은 약발도 잘 듣지 않는다. 그러니 헛돈 쓰는 것이다. 보약 먹는 것보다 목욕탕에 가서 뜨거운 물에 몸을 담그면 훨씬 생기가 돌 것이고, 그에 비례하여 몸을 움직인다면 활력이 넘칠 것이다. 우리 늙은이의 몸은 우리가 관리해야 한다. 아내나 남편, 자식이 챙겨 주기를 바라지 말고 운동하고 씻으면 훨씬 좋을 것이다. 늙으면 전신이 아프다. 그렇지만 집에 멍하니 TV나 보는 것보다는 밖에 나와 운동하고 목욕탕에 가는 것이 훨씬 상쾌할 것이다. 비록 육신은 늙었지만, 마음마저 늙어 간다면 진짜 노인이 되고 만다. 요즘에 청노년이라는 말이 유행하는 것 같다. 청노년이란, 나이는 많아도 몸과 마음이 젊은이 못지않다는 것을 일컫는 말일 것이다. 우리는 언제까지나 청노년으로 살자. 그렇다면 건강해야 하고, 건강해지려면 매일 씻어야 한다.

제3장

# 행복한 삶은
# 내가 만든다

얼쑤! 신명 나는 세상 천수를 누리자

실버 여사들의 오카리나 공연 모습

# 즐겁게 사는 것이 인생이다

남을 의식하지 말고 살자. 즉, 하고 싶은 것을 하면서 살자는 것이다. 아내나 남편 눈치, 자식 눈치 보지 말자. 또한 친인척, 지인들 등 그 누구의 눈치도 보지 말고 당당하게 살자. 그렇다고 눈살을 찌푸리는 언행으로 손가락질을 받으라는 말이 아니다. 퇴직한 것은 가족이나 그 누구에게도 부끄러운 것이 아니다. 그동안 열심히 일을 하였기에 이젠 좀 쉬려고 물러나는 것이다.

필자가 권하고 싶은 말은, 경제가 허용하는 한도에서 즐겁게 살라는 것이다. 그동안 해 보고 싶었지만 시간이 없었거나 경제적인 여유가 없어서, 또는 직장이 있어 주위에서 욕할 것인데, 이런저런 이유로 하고 싶었지만 못 해 본 것이 있을 것이다. 필자가 형님으로 모시는 사람이 있다. 그 형님은 여든 살이 다 되어 가는데도 목공을 배워서 보람차게 노후를 보내고 있었다. 필자가 공방을 찾아가 봤는데, 누가 오는 줄도 모르고 구슬땀을 흘리고 있었다. 그 형님이 고위공직자 출신인 줄 몰랐다면 어렸을 적부터 본업이 아니었나 의심이 들 정도로 공작에 심취하고 있어 감동하였다. 그동안 못 해 본 것, 즉 하고 싶었지만 못 해 본 그 무엇을 취미 삼아 하라는 것이다. 회사나 공직 생활을 하였던 사람은 지위고하를 떠나 얼마나 많은 억눌림으로 숨도 크게 쉬지 못하고 살아왔던가. 자영업이나 사업을 하였던 사람도 그동안 쌓였던 스트레스가 작은 동산을 이룰 것이다. 이젠 부양할 짐을 훌훌 털어 버렸으니 유유자적 인간의 내외적 아름다움을 추구하면서 인생을 알차게 보내자는 것이다.

그러면 무엇을 하면서 여생을 보내라는 말이냐고 반문할지 모르겠는데, 찾아보면 너무나 많다. 즉, 돈을 벌어야 한다는 강박 관념에서 벗어나면 할 일도 많고 즐길 것도 많다. 산을 좋아하는 사람은 전국 명산을 두루 찾아보는 것도 좋고, 낚시를 좋아하는 사람은 바닷가에서 싫증이 날 때까지 살아도 된다. 또 손재주가 있는 사람은 공방 기술을 배워 뭔가 만드는 것도 좋다. 악기에 소질이 있는 사람이 퇴직 후에 트럼펫을 배워서 봉사 활동을 하는 것도 보았다. 사람은 태어날 때 타고난 것인지는 모르지만, 한 가지는 남들보다 잘한다는 말을 듣는다. 그것이 바로 선천적 재능이요 심미안이다. 젊었을 때 그 길로 가고 싶었지만 먹고살기가 급급하여 단념한 그 무엇이 있지 않겠는가. 가수를 꿈꾸었거나 악사를 꿈꾸었거나 아니면 시인, 소설가를 희망하였거나, 사람마다 해 보고 싶었고 부러웠던 그 무엇이 분명히 있었을 것이다.

젊었을 적에 어쩔 수 없이 허망하게 접어 버린 그 꿈을 이루어 보라는 것이다. 나이 많은 사람이 가수가 되고, 또 글을 써서 책을 출판하고, 악기를 잘 다뤄 봉사 활동을 하면서 꿈에 젖어 사는 모습을 보면 너무나 멋있었다. 그리고 '참 대단하구나'하는 부러운 마음도 들었다. 내가 꿈도 꿀 수 없는 분야에, 나이 많은 사람이 신기에 가까울 정도로 탁월하게 그 무엇을 잘하니 감탄이 절로 나왔다. 이런 사람과 이야기를 나눠 보면 어렸을 때 하고 싶었지만, 여건이 되지 않아 어쩔 수 없이 꿈을 접었다가 퇴직 후에 배웠다고 한다. 우리도 미뤄 두었던 꿈과 소질을 계발한다면 삶의 보람과 성취감을 느끼지 않을까 싶다.

삶은 어떻게 사는 것이 정답인지 알 수가 없다. 이렇게 사는 것이 맞는 것인지, 저렇게 사는 것이 맞는 것인지, 정해진 답이 없다고 본다. 다만 내 위치에서 가족이나 남에게 비난받지 않고 건실하게 살아가는 것이 정답에 가깝지 않나 생각할 뿐이다. 평생 먼 길을 돌아왔는데 이젠 돈 버는 것을 걱정하지 않는다면 무게 좀 잡으면서 품위 있게 살아 보자. 우리는 그럴 나이가 되었다. 지금까지 고생하면서 가족을 부양한다고 힘들게 살아왔는데, 이젠 무거운 짐을 벗었으니 멋지게 살아 보자. 그 누구에게도 오래 회자하고 또 그 사람을 생각하면 얼굴에 훈훈한 웃음이 떠오르는 그런 삶이 되도록 정열을 쏟아 보자.

어린 자식이 없어 돈을 벌지 않아도 되고, 조석으로 끼니 걱정할 필요가 없는데 뭐가 두렵겠는가. 이 나이에 명예나 탐욕을 부리지 않는다면 얼마든지 재미나게 살 수 있다. 허리춤을 붙잡고 옆에 있으라고 몸부림쳐도 매정하게 흘러가는 것이 세월이다. 또한 우리가 가로막을 수도 없다. 우리 노인들은 어제와 오늘이 다르고, 죽음이 어깨동무하자고 매일 속삭이고 있다. 자기를 관리하지 못하는 자는 모두에게 외면당한다. 분노와 증오가 남아 있다면 모두 날려 버리고 마음 편안하게 하고 싶은 것 하다가 영혼의 안식처를 찾아가자. 우리는 열심히 일하였고 건실하게 가정을 이끌었기에 충분하게 자격이 있다. 젊었을 적에 갈망하였던 그 꿈을 키워서 보람차게 살아 보자. 그것이 바로 노후에 내가 즐겁게 사는 것이고, 걸어갈 길이다.

# 사람을 많이 사귀고 대화하라

　나이가 예순이 넘으면 평생을 종사하던 직장에서 정년이라는 카드 라인에 걸려 퇴직해야 한다. 그리고 자영업을 하는 사람도 슬슬 인내심의 한계가 와서 사업장을 아들에게 물려 줄까 아니면 접을까 궁리를 한다. 또한 이때부터는 남자나 여자 가릴 것 없이 제2의 갱년기가 온다. 사람의 체질이나 성격에 따라 약간의 시간 차가 있을지언정 분명히 갱년기가 온다. 이것은 인류학자가 인간을 주기적으로 테스트하여 확정 지은 결론이기에 의심하지 않아도 된다. 참고로 제1의 갱년기는 50세 전후로 겪는다고 한다. 1차 갱년기도 남자와 여자의 차이점이 있어 몇 년 정도는 시차가 있다고 하는데, 이것은 엄연히 통계학이라고 본다.

　우리는 언제나 수많은 사람과 공동체를 이루면서 살아간다. 사업을 하거나 직장에 다닐 때는 사람을 많이 만나고 술친구도 많았다. 거래처 사람이나 동료들, 또는 직업에 따라 주민을 접촉하는 등 사람을 만나는 것이 일과였을 것이다. 그러나 퇴직 후에는 서러울 정도로 만나는 사람이 별로 없다. 퇴직 전의 회사 동료들을 찾아가는 것도 민낯을 보이는 것 같고, 사업상 만났던 사람을 찾아가기도 좀 그렇다. 그렇지만 나이가 많아 퇴직하였어도 술 한잔할 사람이나 마음 터놓고 이야기할 친구가 없다면 이것은 좀 아니다 싶다. 물론 나는 술을 안 마시기에 술친구가 없다고 말할 수도 있다. 하지만 굳이 술친구라 하기보다는 대화를 나눌 사람, 아니면 한 끼 식사할 친분 있는 사람을 말한다. 옛 직장 동료나 동창생, 사회생활을 할 때 마음을 터놓고 대화를 하였던 사람 등 찾아보면 있을 것이다. 아니면 이웃에 사는 사람이라도 사귀어 대화를 나누는 것이 좋을 것이다. 껄끄러운 사이라 하여도 먼저 손을 내밀면 박대는 하지 않을 것이다.

필자는 내가 먼저 다가간다. 일면식도 없는 상대방이라도 조금만 대화를 나눠 보면 공통 관심사를 찾을 수 있고, 악의 없는 농담이나 칭찬은 서로 듣기가 좋다. 예를 들자면 젊게 보인다든지, 일을 하는 노인이면 일자리가 있어 참 좋다고 칭찬한다든지, 나이가 비슷하게 보이면 대화를 나누기가 더욱 쉽다. 이웃도 그렇다. 나이가 많건 젊건 간에 먼저 인사를 하고 가까이 다가가면 외면하지 않는다. 특히 아파트의 경우 바로 앞집과 아래위에 사는 사람은 알아 두는 것이 좋다. 단독 주택에 거주한다면 좌우, 앞뒷집의 이웃이 누구인지 반드시 사귀어 놓아야 한다. 가능하면 식사를 함께하면 좋지만 스쳐 지나갈 때마다 인사만 먼저 하여도 괜찮다. 이웃에 누가 살고 있는지 모르면 실수를 저지를 수 있고, 층간 소음 등 작은 일에도 서로 얼굴을 붉힐 수가 있다. 그러나 누구인지 먼저 알고 친분을 쌓아 놓았다면 이런 일은 발생하지 않을 것이다. 우리가 이사하거나 개업하면 이웃에게 떡을 돌리는 풍습이 있는데, 다 이유가 있는 것이다. 마음을 열고 먼저 다가가서 커피 한잔, 아니면 술 한잔이나 밥이라도 먹자고 제안하면 된다. 상대방이 응하건 응하지 않건 먼저 손을 내밀고 인사하는 것이 손해는 가지 않을 것이다. 그리고 이웃에게 작은 것을 아껴서는 안 된다. 멀리 떨어져 살고 있는 친척보다 이웃이 중요할 때가 있고 특히 대면하는 경우가 많은데, 서로 모른 척하기에는 얼굴이 뜨겁지 않은가. 잘 사귀어 놓은 이웃은 형제 간과 마찬가지다. 친밀한 사이가 되면 더욱 좋지만, 적어도 인사는 하면서 지낼 사이는 되어야 한다. 주위 환경이나 이웃이 안 좋으면 이사를 한다. 자녀들 교육 환경이 좋지 않다면서 전입한 지 사흘 만에 다시 이사하는 사람을 봤다. 필자도 맹모삼천이라 자녀들이 어렸을 때 학교 근처로 몇 번이나 이사하였는데, 그 40대 남자가 참으로 선견지명이 있다고 감탄하였다. 어찌 되었든 간에 필자가 생각할 때는 주변 사람뿐만 아니라 여러 사람을 사귀어 놓으면 좋다. 성질이 좋지 않거나 수준이 맞지 않으면 가깝게 지내지 않으면 된다. 타향에 살면서 고향 사람을 만나면 반갑고, 해외여행을 갔을 때 우리나라 사람을 만나면 더 반갑다. 다른 곳에서 같은 아파트에 사는 사람을 만나면 그 또한 반갑지 않던가. 이렇게 반가운 것은 남이 아닌 것 같고, 동질성이 있기 때문이다.

노인들이 혼자 살다가 고독사를 당하는 경우가 많은데, 우리는 왜 그렇게 되었는지 반면교사로 삼아야 한다. 근본적으로는 아내나 남편이 떠나고 혼자 사는데 당연하다고 생각할 것이다. 꼭 그럴까. 혼자 살거나 몸이 아프면 스스로 관리를 해야 한다. 은근히 자식들에게 바라면 안 된다. 이웃을 잘 사귀어 친하게 지낸다면 고독사는 하지 않을 것이다. 친구도 없고 이웃도 사귀지 못했기에 고독사하여도 주변에서 모르는 것이다. 이웃은 남이 아니다. 악의 없이 사람을 많이 사귀어 놓는 것이 좋다. 길에서 주취자나 불한당에게 봉변당하고 있으면 안면이 있는 사람은 최소한 신고라도 해 줄 것이다.

# 친지나 옛 지인을 찾아보자

좋은 연으로 맺어진 사람들은 퇴직 후라도 생각나면 서로 만나 회포를 푼다. 그러나 감정의 찌꺼기가 남아 있는 사람들은 대면하기가 싫다. 과거에 껄끄러운 관계에 있던 사람은 친척이건 옛 직장 동료나 상사건, 친구건 간에 만나기를 회피한다. 아니, 우연히라도 마주칠 수 있기에 일부러 그런 자리는 에둘러 피한다. 친척들 경조사도 꼴 보기 싫은 사람이 올 것 같아서 가지 않고, 친구들 모임이나 전직 동료들 모임에도 쉽게 마음이 움직이지 않는다. 외국으로 이민하지도 않았고 또한 먼 곳에 살고 있는 것도 아닌데, 원수 같은 생각이 들어 만나고 싶은 마음이 없다. 누가 어디에 사는지, 또한 전화번호도 알고 있지만 해묵은 감정 때문에 생각하기도 싫은 것이다. 그렇게 어려운 일도 아닌데 어쩐지 겸연쩍고 마음을 열기가 쉽지 않아 행동으로 옮기지 못한다. 또한 상대방이 어떤 언행을 취할지 알 수가 없기에 더욱더 망설여 진다.

오랜 세월 형제나 친척들과 담을 쌓고 오고 가지 않은 것은 그 사람과 얽히고설킨 악연이 있기 때문이다. 또 친구나 이웃, 전 직 동료, 상사도 좋지 않은 일로 감정을 상하였기에 다시 만난다 는 것을 끔찍하게 생각한다. 좋은 일 같으면 오래도록 가교를 나 눌 것인데, 그 사람과는 고통과 슬픔, 분노가 동반한 불쾌한 일이 있었기에 서로가 마음을 닫고 있다. 그것이 누구의 잘못이건 간 에 유쾌하지 못한 일로 마음에 골이 깊게 파여 오늘까지 매듭을 풀지 못하고 연년이 세월을 보내고 있는 것이다.

우리 노인들은 살아갈 날이 그렇게 많이 남아 있지 않다. 사 람은 물론이거니와 이 세상에 존재하는 모든 생명체는 영원하지 않다. 또한 불행이 예고 없이 찾아오기도 한다. 필자는 항상 마음 의 준비를 하지만 머리가 백발이 된 요즘에는 문득문득 외로울 때가 있다. '한평생 먼 길 돌아왔는데 이젠 쉬어야지', '해가 지고 어두워지면 집에 돌아가듯이 초연해야지'하는 마음을 가지지만, 혼자 있을 때는 괜스레 슬퍼서 눈물이 날 때도 있다.

우리가 지금까지 살아오면서 알게 모르게 척을 진 사람들이 있을 것이다. 젊었을 적에는 앞만 보고 달려왔다. 내가 옳다고 생각한 말과 행동이 세월이 흐르다 보면 틀렸다는 것을 알 수가 있을 것이다. 또한 반대로, 내가 상처를 입은 일도 있을 것이다. 내가 원인을 제공한 것이 아닌 일에는 굳이 먼저 고개를 조아리는 것은 자존심 상해 싫지만, 내가 잘못하여 사이가 멀어진 사람도 있을 것이다. 그런 사람에게는 먼저 손을 내밀어 화해를 신청하자. 그 사람이 나이가 많건 적건 간에 술 한잔하면서 지난날을 훌훌 털어 버리면 좋지 않겠나. 딱 한마디만 하면 된다. 그땐 내가 잘못한 것 같다고, 그러면 그 사람 가슴속에 쌓여 있던 해묵은 감정의 찌꺼기가 녹을 것이다. 지나 놓고 보면 오랜 세월 등지고 살 정도로 크게 잘못한 일도 아니다. 당시에는 지기 싫고 자존심을 꺾기가 싫어서 한낱 어쭙잖은 일로 빚어진 해프닝이다. 내가 먼저 손을 내밀고 화해를 청하는 것이 옳다고 생각한다.

친척 중에 누군가 유명을 달리하거나 아니면 자녀나 손주들이 결혼하면 마땅히 참석하여야 한다. 그런 장소에서 보기 싫은 사람을 만난다면 얼마나 껄끄러운가. 들여다보지 않을 수가 없어 마지못해 참석하였는데, 그 사람을 대면하면 괜히 얼굴 붉히고 민망하다. 또한 친구 모임이나 동창 모임도 그렇다. 서로가 자기 주장을 강하게 하다 보면 마음이 멀어진 사람도 있을 것이다. 이 젠 관 속에 들어가도 아깝지 않을 나이인데 한 사람이라도 묵은 감정을 풀면서 살자. 친척들 경조사나 모임 등 기회가 있으면 그 때를 잘 이용하고, 그렇지 않은 경우는 내가 먼저 만나자고 해도 좋다.

상대방이 해묵은 감정을 품고 있어도 노골적으로 싫다 하지는 않을 것이다. 왜냐하면 그 사람도 나이가 들었을 것이고, 뒤돌아보았을 것이다. 고뇌가 깊을수록 성찰도 커진다고 하였는데, 자존심 상하지만 마음에 결정을 내린다면 그렇게 어려운 것도 아니다. 겸연쩍으면 강자인 내가 배려하고 베푼다는 마음으로 시도해 보라. 윗사람이거나 강자가 자존심 죽인다고 생각하면 간단하다.

우리는 인생 끝에 와 있다. 죽음에 노소가 없다지만 생로병사란 말이 있듯이, 노인들은 내일을 장담할 수가 없다. 언제 죽을지 모르는데 아내나 남편, 가족과 지인 등 그 누구에게도 모질게 대하지 말고 거친 말도 하지 말자. 얻는 것은 한 가지도 없는데 그 사람이 잘못되면 괜히 내가 잘못한 양 가슴이 미어질 것이다.

이렇게 말하는 필자도 완벽한 인간이 아니다. 사람은 자기 자신도 100% 모른다. 하물며 다른 사람을 어떻게 속속들이 모두 이해하겠는가. 그러기에 살아오면서 많은 잘못이 있었고, 주변 사람들에게 괴로움을 주었을 것이다. 이젠 매듭을 풀고 마음에 무거운 짐을 털어 버리자. 그렇게 어렵거나 돈이 많이 들어가는 것이 아니다. 늙어서 자존심 좀 버리면 어떠하리.

# 자식들을 편하게 해 주자

우리 노인들이 나이가 들고 기력이 떨어지면 자녀들에게 의지하고 싶다. 또한 가진 돈이 없으면 자식에게 더 기대려고 한다. 아니, 돈이 있건 없건 간에 나이가 들면 자식에게 의지한다는 것을 당연지사로 생각한다. 생활비를 강요하고 시시콜콜 모든 것을 지원받으려고 한다. 하지만 요즘에는 우리 때 지극정성으로 부모님을 모신 것처럼 자식에게 봉양을 바란다는 것은 어렵다. 자녀들과 우리 노인들이 바라보는 경계와 사고방식이 다르고, 또한 우리가 천방지축으로 키웠기 때문에 바라면 안 된다. 우리의 부모님들은 높은 학교를 보내 주지는 않았지만, 예절이나 인성, 효는 몸으로 가르쳐 주셨다. 할아버지 할머니에게 우리의 부모는 배를 곯아도 극진하게 모셨다. 항상 자녀들보다 부모님을 먼저 챙기고 음식도 먼저 드렸다. 조석의 문안 인사는 물론이요, 기침만 하여도 달려갔다. 그런데 오늘날은 그렇지 않다. 물질 만능이고 높은 자리가 최고인 현 사회에 사람의 도리나 근본은 시궁창에 버려진 지 오래다. 돈 때문에 부모를 죽이고, 유기하며 방치하는 등 패륜 범죄가 기승을 부린다. 이젠 우리나라도 동방예의지국이 아니다.

우리가 자녀들을 잘못 가르친 결과다. 학교에서는 공부만 가르치지 사람으로 만들어 주지 않는다. 교사는 단순하게 학문의 전도사지 스승이 아니기에 인간으로서 갖추어야 할 소양과 인성은 가르치지 않는다. 개중에 인성을 강조하는 교사도 있지만 그것은 아주 극소수이며 학부모로부터 배척당한다. 우리 부모가 인성이 깃든 사람으로 키워야 하는데 버릇없이 천방지축으로 키웠다. 잘못을 저질러도 바르게 잡지 못한 것이 아니라 기를 살린다고 마음대로 행동하도록 부추기고 조장하였다. 집에서 자녀들이 왕이 되어 마음대로 하고, 부모들은 눈치만 봤다. 공부하는 것이 대단한 것도 아닌데 자녀들이 가정을 좌지우지한다. 부모가 누워 있으면 허리를 넘어가는 것은 예사로 행하고, 아버지가 숟가락을 들기도 전에 먼저 밥 먹는 것을 당연하게 생각한다. 이렇게 버릇없이 키웠으니 예절 교육이 제대로 되었겠는가. 출필고 반필면도 모르고 조석 문안 인사도 하지 않는다. 또한 부모가 직장이나 외출하고 돌아와도 인사를 안 하는 자녀들이 많다. 설령 공부를 한다 해도 그렇다. 부모가 집에 돌아오면 당연히 인사를 해야 하는데, 멀뚱하게 보고도 자기 할 짓만 한다. 부모도 몰라보는데 공부를 잘하여 출세한들 인성이 없는데 얼마나 오래가겠는가.

우리가 어렸을 때는 아버지 기침 소리에도 놀랐는데, 요즘은 부모가 병이 들어 사경을 헤매도 무관심하다. 어렸을 때 부모가 가정 교육을 하지 않았기에 인성이나 끈끈한 가족애가 없으니 생각도 못 하는 것이다. 자녀들만 잘못한 것이 아니다. 부모 노릇을 제대로 하지 못한 사람도 많다. 낳아만 놓고 의무를 팽개친 부모들을 우리는 심심찮게 보고 들었다. 그래 놓고 이제 와서 툭하면 '내가 너를 어떻게 키웠는데' 이 말은 잘한다. 참 듣기가 거북할 뿐만 아니라 어불성설이다. 자식은 부모가 최대한 잘해 주어도 다른 집의 또래들과 비교하면 불만을 가질 수 있다. 따지고 보면 잘해 준 것도 없다. 잘 키우건 못 키우건 간에 우리 부모들은 '내가 너를 어떻게 키웠는데' 이 말은 하지 않았으면 좋겠다. 자식을 사람으로 바르게 키웠으면 머리가 굵어져도 부모에게 효를 다할 것이고 또한 반항하지 않을 것이다. 어려서부터 예절 교육을 받아 도리를 아는 자식이라면 설령 부모가 잘못하여도 어떻게 몽둥이를 휘두르겠는가.

　호랑이는 동굴에 웅크리고 있어도 그 기운이 태산을 휘감는데, 요즘에는 부모의 값어치가 땅에 떨어졌다. 모두 우리가 자초한 것이다. 언제나 아버지는 그 자체만으로 위엄을 갖추고 살아야 하는데, 현실은 너무나 서글프다. 그렇다면 이제 와 어떻게 해야 하나. 방법은 한 가지뿐이다. 자식들에게 무엇이든 바라지 말고 기대지도 마라. 즉, 홀로서기를 하여야 한다. 그렇다면 나는 먹을 것이 없고 자녀들은 잘사는데 그냥 있어야 하냐고 반문할 것이다. 모든 것을 감수할 수밖에 없다. 노후에 먹고살 재산, 즉 돈이 없으면 굶고 있을 수는 없다. 자녀들에게 손을 벌리지 말고 일하면 된다.

　우리나라는 노인에 대한 복지 정책이 잘 되어 있다. 노령 연금과 영세민에게 지원해 주는 돈도 제법 많다. 그 돈에 조금만 더 벌면 먹고사는 것은 어렵지 않을 것이다. 아파트 경비를 하든지, 파지를 주우러 다니든지, 집에 가만히 있지 않고 뭐든 하면 된다. 또한 젊은이들이 쳐다보지 않는 주유원이나 주차관리 요원, 마트 직원도 괜찮다. 시골에 사는 사람도 나름대로 일을 찾아서 하면 된다. 자식을 원망할 자격도 없다. 모두가 자업자득이다. 자식을 잘못 키웠고, 젊었을 때 노후를 준비하지 못한 자신의 책임이다. 자식에게 뭐든 바라지 말고 홀로서기를 해야 한다. 자녀들이 효도하면 감사하게 덤이라 생각하라. 그러면 마음이 편안할 것이다.

# 안분지족을 알자

    욕심이 없는 사람은 아무도 없을 것이다. 모든 사람에게 물어봐도 이구동성으로 원하는 것이 있다고 말할 것이다. 인간은 물욕, 명예욕, 권력욕 등 오욕칠정을 모두 가지고 있다. 우리가 지금까지 살아오면서 만족감을 느껴 본 적이 거의 없을 것이다. 그러나 절반의 성공도 지족을 안다면 행복이라 할 수 있다. 다른 것도 마찬가지겠지만 부를 원하는 인간의 욕심은 끝이 없다. 갯벌의 하찮은 게도 자기 몸에 맞게 집을 짓는데, 만물의 영장이라는 인간은 어지간해서는 만족할 줄 모르고 많이 가지려고 기를 쓴다. 이젠 우리 노인들은 마음을 비워야 한다. 억만금이 있다고 한들 무슨 소용 있으랴. 죽고 나면 자녀들이 서로 많이 가지려고 싸움만 할 것인데, 그 원인 제공을 왜 하려고 하는가.

    욕심은 그 끝이 없지만 사람에게는 분명히 끝이 있다. 돈이 많다고 한들 하루 네 끼 먹는 것이 아니다. 돈이 없으면 약간 불편할 뿐이다. 욕심에 눈이 어두워 많이 움켜쥐려고 하여도 죽는 것은 거스를 수 없는 자연의 섭리다. 우리는 오래 산 만큼 죽음이 곁에 있다는 것을 알아야 한다. 욕심을 버리고 남을 부러워하지 않는다면 마음이 편안하고 그 편안한 마음이 바로 노후의 행복이다.

젊었을 때나 꿈을 꾸는 것이지 내일모레 땅속에 들어가도 아깝지 않을 나이에 탐욕을 부리면 추할 뿐이다. 시각 장애인이 값비싼 보석을 탐한들 무슨 소용 있으며, 의사에게 수술을 잘하라고 금도끼를 쥐어 준들 무슨 소용이 있겠는가. 필요도 없고 짐만 되는 것인데, 탐할 필요가 없는 것이다.

옛말에 모닥불가에는 너무 가까우면 타 죽고 너무 멀면 얼어 죽는다고 하였다. 재물도 적당한 것에 만족을 느끼면 행복하다. 지금까지 열심히 일하였기에, 벌어 놓은 재산이면 남에게 빌리러 가지는 않을 것이다. 그러면 족한 것이다. 죽으면 다 두고 갈 것인데. 우리 나이에 더 가지겠다고 욕심을 부렸다가 마지막이 잘못된다면 만회할 시간이 없다. 그러다 보면 지금까지 건실하게 살아온 훌륭한 발자취가 모두 사라지고 추한 인간으로 전락하고 말 것이다.

　가난은 죄가 아니다. 내 살림 형편을 내가 부끄럽다고 생각하면 구차한 삶이 되고, 이 정도라도 만족을 느끼면 청빈한 삶이 되는 것이다. 필자는 1t 화물차를 가지고 있다. 작은 농장이 있기에 승용차보다는 화물차가 필요해서 바꿨다. 하루는 아내와 함께 농장에 가는데, 앞에서 고급 승용차가 얼쩡거리고 있었다. 필자가 무심코 저 벤츠가 좋은 차냐, 우리 차가 좋으냐고 물었다. 아내는 우리 차가 훨씬 좋은 차라고 망설임 없이 대답하였다. 저 외제차가 비교도 할 수 없을 정도로 비싼 건데 우리 차보다 좋은 차가 아니냐고 반문하니, 아내는 남의 차가 고급 차라고 해도 아무 소용이 없다 하였다. 맞는 말이다. 남의 차가 억대가 넘어가는 고급 차면 내게 무슨 소용이 있는가. 또한 남이 수십억 아파트에 살고 있다 한들 나와 무슨 상관있는가. 물론 가정 경제가 괜찮으면 좋은 차도 굴리고, 고대광실에 살아도 괜찮다. 젊었을 적에 열심히 일해서 일군 재산인데 어느 정도 누리고 사는 것은 바람직한 삶이다.

　필자가 역설하고 싶은 말은, 옆집 누구는 무슨 차고, 친구들은 무슨 차를 굴리는데, 나는 왜 그렇게 하지 못하나 하는 마음으로 고가의 차를 구매하고 수십억 아파트로 이사하는 것은 부질없는 허세라고 생각한다. 좋은 승용차라고 하여 더 빨리 가는 것이 아니고, 사고 나면 다치지 않는 것이 아니다. 욕심을 버리고 마음을 비우면 천국이 따로 없다. 절대로 분수에 맞게 살아야지 으스대면서 과시용으로 살면 가정 경제가 어려워지고 부부 금실도 점차 퇴색해진다.

명예욕도 마찬가지다. 우리나라 사람은 나이나 그릇 크기는 생각하지 않고 감투 쓰기를 좋아한다. 나이를 먹을수록 물욕이나 명예욕을 탐내는 사람도 부지기수다. 자리가 그 사람의 인격이 아닌데도 '내가 누구인데 모르느냐' 으스대면서 노익장을 과시한다. 주변의 원성은 마이동풍이다. 늙어 불편한 몸을 이끌고 환상에 젖어 사는 것을 보면 측은할 뿐이다. 마음 편안하게 안빈낙도가 최고인데, 왜 그렇게도 감투가 좋은지 필자는 이해할 수가 없다.

우리 노인들에게 필요한 것은 분수를 아는 것이다. 작은 집에 살아도 마음이 편안하면 행복한 것이고, 수십억 저택에 살아도 마음이 편치 않으면 불행한 것이다. 마음이 풍요로움을 느낀다면 천국에서 사는 것과 같다. 먼 길을 돌고 돌아 여기까지 왔는데 이젠 편안하게 살다가 가자. 한마디로 말해서, 남의 집에 금송아지가 있어도 부러워하지 말자. 내가 남을 부러워하는 순간에도 화목한 환경에서 품위 있게 살아가는 내 모습을 부러워하는 사람이 있다는 것을 알아야 한다. 탐욕은 몸도, 마음도 망가뜨리는 악마라고 생각하면 된다.

# 여행은 좋은 것이다

　　우리가 젊었을 적에는 사업이나 직장에 매달리고, 자영업을 하는 사람은 그 일에 정신을 쏟다 보니 마음 편안하게 여행을 다녀 보지 못했을 것이다. 그러다가 아내나 남편을 만나 가정을 꾸렸을 것이다. 데이트를 많이 하였는지는 모르겠지만 당시에는 여행 갈 형편이 되지 않았을 것이고, 자녀들이 태어나서 방학 때 한두 번 피서 간 것이 전부일 수도 있다. 물론 가정 경제가 넉넉하였으면 휴가 때마다 국내외 유명 관광지로 여행을 갔을 수도 있다. 필자는 젊었을 적에 아내와 함께 국내 관광도 하지 못했고, 외국은 꿈도 꾸지 못하였다. 그러다가 퇴직 후 국내를 두루 관광하였다. 그것도 많은 돈을 투자할 수가 없어 1톤 트럭 적재함을 침실로 개조하여 캠핑카를 만들었다. 남해안, 동해안, 서해안, 오대산 등 내륙과 휴전선 부근까지 1년 동안 웬만한 관광지는 모두가 보았다.

다른 여행객들은 고가의 캠핑카를 타고 왔는데, 필자는 화물차 적재함에 샌드위치 벽 패널로 탈착식 침실을 만든 것이기에 그들과 견줄 수가 없었다. 내 멋에 사는 것이고, 또한 투자를 많이 할 수가 없어 조잡하게 꾸민 것이라 부럽지는 않았지만, 비교를 해 보니 내심 좀 겸연쩍었다. 외국 여행도 칠순 때 아들이 베트남을 구경시켜 준 것이 유일하다. 거절하였지만 아버지가 안 가시면 어머니도 외국 여행을 한 번도 못 가신다면서 강권하기에 갔다 온 것이다.

굳이 명승 고적지를 찾지 않아도 부부가 지난날을 회상하면서 하루나 이틀 정도 여행을 갔다 오면 기분이 새로워진다. 여행은 우리에게 많은 것을 가르쳐 준다. 일상생활의 테두리를 벗어나서 모르는 곳을 여행하면 보고, 듣고, 자연의 장엄함에 옷깃을 여미게 한다. 사람이 바쁘게 사는 것은 바람직스러운 것이지만 일선에서 물러난 우리들은 시간에 쫓기는 사람이 아니다. 이 나이에 무엇을 하건, 어렵게 앞뒤 잴 필요가 없다. 목적지를 정하여도 좋고, 아무 곳이나 훌쩍 떠나도 된다.

병석에 누워 있으면 하고 싶어도 할 수 없는데, 내 다리 성할 때 다니는 것이 좋다. 몸이 아프면 가기도 싫고 또한 부축해 주어야 한다. 그리고 만사가 귀찮아서 볼 것도 제대로 보지 못한다. 여행은 사람을 많이 변화시킨다. 그것도 좋은 방향으로 변화를 시키기에 모두가 좋아하는 것이다. 특히 우리 노인들은 여행도 가고, 하고 싶은 것 하면서 유유자적 세월을 보내면 좋지 않겠는가. 돈이 없으면 경제적으로 하면 된다. 그렇게 큰돈이 들지 않는다. 유명 관광지를 찾아가서 맛있는 것도 먹고, 산천을 구경하다가 당일 귀가해도 된다. 또한 소박하게 관광버스를 이용한 미식 여행도 괜찮다. 기분 전환도 하고, 추억이 서렸던 가까운 곳을 찾아도 좋다.

젊었을 적에는 먹고살기 바빠서 엄두를 내지 못했는데, 퇴직한 후에는 얼마든지 가능한 일이다. 또한 아내나 남편이 없는 홀몸이라면 여행하면서 지난날을 회상하는 것도 괜찮다. 앞으로 얼마나 더 살지 모르지만, 남은 인생 유종의 미를 어떻게 거두어야 하는지 생각해 보는 것도 바람직스럽다. 우리는 많은 세월이 남아 있지 않은데, 이대로 죽는다는 것은 너무 억울한 마음이 들지 않는가.

아파트 한 라인에 필자보다 서너 살 많은 노인이 살고 있었다. 그 노인은 몸이 불편하여 전동 오토바이를 타고 다녔다. 그런데 거의 매일 보이던 사람이 열흘 정도 보이지 않았다. 자녀들 집에 다니러 갔거니 생각하였는데, 돌아가셨다고 하였다. 다리를 약간 절었지만 몸은 건강한 것 같았는데, 죽었다는 말을 듣고는 정신이 멍하였다. 사실 우리 나이 때는 안 아프다는 말은 거짓말이다. 그것도 한 곳이 아니다. 여기가 안 좋아 병원에 다니는데, 다 낫기도 전에 또 저기가 아프다. 한마디로 말해서 종합 병원이라고 해도 과언이 아니다. 옛날 어르신들이 늙으면 안 아픈 곳이 없어 약 보따리를 이고 산다고 하였는데, 그 말이 딱 맞다. 외출하는 노인들에게 어디 가느냐고 인사를 하면 대부분 병원에 간다고 말한다.

몸을 움직일 수 없으면 어쩔 수가 없지만, 내 발로 걸어 다닌다면 가벼운 산책 정도로 생각하고 철마다 여행을 가는 것도 괜찮다. 그래 봐야 죽을 때까지 몇 번 가지도 못한다. 굳이 외국 여행을 고집하지 말고 국내 관광지와 명승 고적지를 돌아다녀도 구경할 것이 많다. 부부가 연애하던 그때 기분을 살려서 가볍게 갔다 오면 된다. 저승으로 호적을 옮기려고 이미 예약해 놓은 우리인데, 조금이라도 건강할 때 가고 싶은 곳이 있다면 한 번이라도 더 가 보자. 그래야 임종할 때 미련 없이 인생 멋지게 살았다고 자찬할 것 아닌가. 여행은 벼르고 떠나는 것이 아니다. 언제든지 일상생활을 훌쩍 벗어나면 그것이 바로 여행인 것이다.

# 유언을 미리 하자

　필자가 이런 말을 하면 내일모레 죽을 사람도 아닌데 벌써 유언하란 말이냐고 반문하겠지만, 고희가 넘었으면 생각해 볼 필요가 있다. 남편이나 아내, 자식에게 정색하지 말고 평상시 대화 도중에 자연스럽게 끼워 넣어 유언해 놓는 것이 바람직하다. 왜냐하면 우리 연령대는 겉은 멀쩡한 것 같지만, 실상은 안 아픈 곳이 없을 정도이기 때문이다.

　죽음에 노소가 없다 하지만 그래도 나이가 많으면 죽음에 가까운 것은 기정사실이다. 노인들은 겉으로 보기에는 멀쩡한 것 같지만, 몸 구석구석 안 아픈 곳이 없다. 주변을 둘러보면 아래위 나이에 있는 사람들의 부고가 심심찮게 들려오고, 장례식장에 가면 '다음은 내 차례구나', 아니면 '오래 살았다'는 생각이 들 것이다. 우리 노인들은 건강하게 오래 살고 싶은 마음이 간절하다. 또한 이 좋은 세상 일찍 가고 싶은 마음도 없다. 그러나 오래 살고 싶다고 오래 사는 것이 아니다. 예매한 저승행 열차가 내게로 달려오고 있다는 것을 알아야 한다.

어떤 때는 죽음 문제로 오래 고민하다 보니 불면증이 올 때도 있다. 그러나 하늘은 모든 생명체에 공평하게 죽음을 내려 주었다. 내 영혼이 어디로 가는 것인지 모르지만 '죽음 후는 어떻게 될까', 생각해 보니 답이 없다. 아무리 발버둥 친들 더 살 수 있는 것이 아니고, 일찍 유명을 달리하고 싶다 한들 마음대로 되는 것도 아니다. 우리의 운명은 태어날 때 이미 정해졌다고 생각한다. 그 근거로는 어떤 사람은 병마에 시달려 의사가 가망 없다고 사형 선고를 하였지만, 몇 년을 더 살아 있다. 또 어떤 사람은 아침밥 잘 먹고 회사 출근하다가 교통사고로 죽기도 한다. 큰 사고가 발생하여도 사는 사람은 살고, 작은 사고에도 죽는 사람은 죽는다. 우리는 재수가 없다는 말을 곧잘 한다. 곰곰이 생각해 보니 그건 재수가 아니라 각자의 운명이라고 봐야 한다.

우리 노인들은 목숨을 장담할 수 없다. 친한 고추 친구 한 사람은 천수를 누린다고 큰소리치는데, 글쎄, 그 말이 맞을지는 아리송하다. 우리 노인들은 잠자리에 들었다가 아침에 깨우니 운명하였다 한다. 또한 외출하였다가 쓰러졌는데, 병원에 후송하니 이미 늦었다고 한다. 우리 연령대는 병이 없어도 죽음은 언제나 곁에 있다고 생각하면 틀린 말이 아닐 것이다.

또 한 가지 간과할 수 없는 무서운 병 치매가 있다. 우리가 어렸을 때 어른들이 '아무개 아비는 노망 걸린 것 같다', 그런 말을 하였는데, 지금 생각해 보면 그것이 치매를 일컫는 것이다. 이렇듯 생명을 위협하는 여러 가지 요소가 소리 없이 우리에게 다가오고 있다. 서두를 필요는 없지만 그래도 준비는 해야 한다. 언제, 어느 때, 어떻게 될지 알 수가 없는 것이 우리 노인들이다.

사람의 죽음도 오복에 든다고 하였다. 고통 없이 편안하게 죽으면 그것은 본인이나 가족을 위한 안식이다. 병마와 오래도록 싸우면서 몸부림치다 죽으면 본인은 물론이요, 그것을 지켜보는 가족도 목불인견에 가슴 저민다. 또한 치매가 심하여 이지를 잃은 채 남편이나 아내, 가족도 몰라보고 엉뚱한 언행을 한다면 속수무책에 억장이 무너진다. 죽은 사람에 대한 슬픔과 한은 남은 가족들에게 무거운 짐이 되어 오래도록 가슴에 쌓여 녹지 않는다.

필자도 자가 진단을 해 보니 치매 전 단계에 이르지 않았나 싶다. 휴대폰을 잃어버리는 것은 예사고, 평소에 수십 번을 오갔던 곳도 야간에는 방향 감각을 잃어버려 찾지 못할 때가 있다. 어느 때는 쓰던 물건도 둔 곳을 몰라 헤매고, 심지어 손에 들고 있으면서도 찾는다고 헤맨다. 글을 쓰는 것도 예전만큼 생각이 나지 않고, 조금 전에 하였던 일도 뭘 했는지 멍할 때가 있다. 예전에는 암기를 참 잘하였는데, 이젠 외워도 금방 잊어버린다. 갑작스러운 사고가 아니어도 늙은 몸 언제, 어느 때 잘못될지 알 수가 없다.

어느 날 예고 없이 내가 죽었다고 생각해 보자. 내가 죽은 후 남아 있는 남편이나 아내, 자식들이 어떻게 대처할지 생각해 보자. 죽은 사람은 말이 없고 고인의 유명이 없다면 가족이 당황하지 않겠는가. 이런 때를 대비하여서 큰 병이나 치매에 걸리기 전에 맑은 정신으로 가족들에게 유언하는 것이 바람직스럽지 않겠는가. 그것도 정색으로 하면 가족들이 놀랄 것이기에 자연스럽게 하는 것이 좋다. 몇 번 강조하지만, 우리 노인들은 죽음이 코앞에 있다는 것을 알아야 한다. 죽는다는 것은 조금은 서글픈 일이지만 정해진 길을 가는 것인데, 자연스럽게 받아들여야 한다. 그러기 위해서는 차분하게 주변을 정리하여야 한다. 유언하지 않고 죽으면 자녀들이 유산을 많이 가지려고 다투는 일도 비일비재하다. 남은 가족들을 위해서도 깊이 생각해 보기 바란다.

# 정치적인 말을 삼가고
# 종교도 간섭하지 마라

필자가 이런 말을 하면 이해 못 하는 사람이 많을 것이다. 그렇다. 다수의 국민은 정치를 모른다는 말이 맞을 것이다. 그저 고향 사람, 혹은 지인이 정치를 하기에 단순하게 부화뇌동하는 것이다. 우리는 정치를 잘 모르면서 유권자이기에 그들에게 이용당한다고 생각하면 틀린 말이 아닐 것이다. 정치인은 만인이 싫어해도 본인이 소속된 당이나 자기를 지지하면 흉악 범죄를 저지른 악인과도 서슴없이 손을 잡는다. 정치는 사상싸움으로 사람의 마음을 황폐화하는 중병이다. 부부지간이나 부모와 자식 간에도 정치 이야기로 마음 상해 견원지간이 되는 경우도 보았다. 보수네, 진보네, 중도네 하면서 언성을 높이다 보면 사랑하는 마음에 균열이 생긴다. 서로를 비방하고 자기가 추종하는 정당과 사상이 정도라고 주장한다. 또한 지인이나 친구들도 추종하는 정당이나 사상이 틀리면 언쟁한다. 그러다가 흥분하면 자신도 모르게 주먹다짐을 한다. 소박한 삶을 살아가는 우리가 왜 그네들 손바닥에서 광대처럼 춤을 추어야 하는가.

본인이 정치를 하는 장본인이 아니면 아내나 남편, 형제자매, 자녀, 친구, 지인들 그 누구에게도 정치적인 말을 하지 말자. 아전인수격으로 흑백논리만 일삼으면서 조삼모사하고 표리부동한 인간이 정치인이다. 그들로 인해 아내나 남편, 가족과 지인들을 적으로 돌리면 절대로 안 된다. 정치인이 우리에게 무엇을 해 주었는가. 불신과 분열을 조장하고 나라를 파국으로 몰아가면서 일신의 영달과 부귀영화를 누리는 사람이 아닌가. 그것도 국민을 위한다는 달콤한 감언이설로 속이고 또 속여서 권력을 행사하는 사람들이다. 물론 정치를 하는 사람 모두가 나쁘다는 것은 아니다. 나라나 사회나 할 것 없이 리더가 있어야 한다는 것은 자명한 일이다. 정치인 중에서 나라의 수장도, 또한 나라를 운영하는 사람도 선출된다. 그러나 오늘날까지 수많은 정치인이 어떻게 나라를 운영하고 정치를 해 왔는지 우리는 똑똑하게 보아 왔다. 역사를 봐도 미욱한 군주는 나라를 거덜 내었고, 파당으로 백성들을 암흑의 나락으로 빠뜨린 경우도 많았다. 나라가 풍전등화 땐 의분에 가득 찬 백성들이 나라를 구하고 독재자를 축출하였다. 그런 사람들은 정치를 모르는 순수한 국민이다.

우리 노인들은 혈기로 가득 찬 젊은이가 아니다. 내 가정, 내 육신을 가꾸는 것도 버거운데 정치인을 추종하여 가족이나 지인으로부터 비난받고 경멸받아야 하겠는가. 마음은 청춘이지만 육신이 따라 주지 않으면 아무것도 할 수 없다. 마음에 들지 않아도 정치는 젊은 사람들에게 맡겨 놓자. 우리 노인들은 절대로 긁어서 부스럼 만들지 말자.

종교도 마찬가지다. 아내나 남편, 성인이 된 자식이나 가정을 이루고 있는 자녀들에게 종교에 대하여 간섭하지 마라. 내가 이런 교를 믿으니까 남편이나 아내가 따라와야 하고, 자녀들도 추종해야 한다고 생각한다면 그건 착각이다. 필자의 아내는 종교를 세 번이나 바꿨다. 결혼 초에는 시어머니를 따라 불교를 신봉하면서 유명 사찰을 열심히 순례하였다. 그러다가 언제부터인지는 모르지만, 원불교에 심취하여 문지방이 닳도록 교당을 찾았다. 그러든 말든 필자는 상관을 안 하였는데, 근년에는 천주교로 개종하였다. 필자는 특정 종교를 신봉하지 않는 무신론자인데, 아내는 공부하여 세례도 받고 주말, 주중 미사에도 빠지지 않고 열심히 성당을 찾는다. 이렇게 종교를 자주 바꾸는 아내를 보면 이해할 수가 없다. 모든 종교는 믿음이요, 사랑이요, 덕을 베푸는 것이라고 알고 있는데, 몇 번이나 개종하여도 괜찮은지 의문스럽다. 그렇지만 필자 눈에도 가정이나 모든 일에 소홀하지 않기에 그냥 보고만 있다. 그러나 너무 몰두하여 가정을 등한시한다면 제동을 걸 필요가 있다고 생각한다. 주변에 보면 종교에 너무 심취하여 가정을 팽개치고 아예 그곳에서 사는 사람을 심심찮게 볼 수 있다. 용납할 수가 없지만 어떻게 가로막을 수도 없다. 필자는 종교를 배척하지는 않는다. 그렇다고 다른 사람에게 종교를 믿으라고 권하지도 않는다.

아무 소득도 없는 정치나 종교적인 문제로 가족이나 지인들과 대립하고 얼굴 붉히지 말자. 역사나 현실을 살펴보아도 종교 분쟁은 인간을 파괴하고 망국으로 치닫는 경우가 많지 않았던가. 필자가 생각할 때는 정치나 종교도 완충 지대가 있으면 좋겠다. 예를 들어서 무당파 단체나 모든 교를 어우를 수 있는 통합 종교 같은 것이 있으면 서로 배척도 하지 않고 평화가 오지 않겠는가.

만약에 가족 중에 사이비 종교를 신봉하는 자가 있다면 그것은 적극적으로 가로막아라. 사이비 종교는 교주 개인의 사상과 이익을 위해 인간을 파멸로 몰아가는 이단자들이다. 그 여파는 본인뿐만 아니라 가족 모두를 불행에 빠뜨린다. 가족의 불행은 나의 불행이기에 반드시 제지하여야 한다.

# 자식에게 멍에를 주지 말자

우리 부모들은 자식들을 잘 거두지도 않았으면서 바라는 것이 너무 많았다. 위 세대들이 그렇게 하였으니까 우리도 보고 배웠는지 아니면 자연스럽게 물려받았는지, 안 그런 척하면서도 바라는 것이 부지기수다. 그 바람 중에 제일 큰 것은 대를 잇는 것이다. 우리 부모 세대는 대를 잇지 못하면 조상께 죄를 짓는다는 생각으로 아들 낳기를 간절하게 빌고 또 빌었다. 그래도 아들을 낳지 못하고 딸만 생산하면 아들을 낳을 때까지 계속 출산하였다.

필자가 어렸을 때 한 마을에 딸만 일곱 명을 둔 집이 있었다. 딸만 낳다가 여덟 번째 아들을 낳자 마을 사람들에게 잔치를 벌여 맛있는 돼지고기 음식을 대접한 것을 기억한다. 특히 종갓집은 아들 출산하기를 염원하였다. 며느리가 아들을 출산하지 못하면 칠거지악을 들어 내치기도 하였다. 뿌리 깊은 남아 선호 사상이고, 유교의 산물이다.

그러나 이젠 시대가 바뀌었다. 우리 노인네 세대는 유교 사상이 있지만 자녀들은 그런 것을 찾지 않는다. 찾지 않는 것이 아니라 알면서도 불편하니까 배척한다. 조상님께 제사 지내는 것, 선산에 벌초하고 참배하는 것 등 우리 생활에 깊숙하게 뿌리박혀 있는 유교 사상을 애써 모른 체하면서 잊어 간다. 명절 때 제사를 지내거나 선산을 찾는 것도 우리 노인들이 이끌고 가야 마지못해 참석한다. 세월이 흐르면 산천도 변하고 사회 풍습도 바뀐다지만, 너무 갑작스럽게 변하기에 필자도 섭섭한 마음 금할 길 없다.

그렇지만 어찌하겠는가. 굳이 옛것을 고집하여 자녀들과 갈등을 만들지 말자. 우리 사회는 금전 만능주의이고 자리가 그 사람의 바로미터다. 사회 2등은 별 쓸모가 없다. 아니, 1등의 그림자보다도 못하기에 항상 잘되라고 가르치고 크게 기대한다. 내가 이루지 못하였던 꿈을 자식을 통하여 대리 만족을 얻으려고, 또는 크게 키우려고 최선을 다해 뒷바라지하면서 자식들을 닦달하였다.

잘못된 것이다. 그것도 현시대에 맞지 않고, 자식도 수긍하지 않는다. 한마디로 말해서 공염불이다. 우리는 자식에게 바라지 말자. 이미 세대로 다르고 사고방식이 우리와는 완전하게 다른데, 바라고 강요하면 불협화음만 생긴다. 결혼하건, 혼자 살건, 또한 자녀를 낳건 말건, 간섭하지 않아야 한다. 자식은 자식 복대로, 우리는 우리 복대로 살다 가는 것이다. 필자도 손자가 없으니 뭔가 허전한 것은 사실이다. 그렇지만 자식이나 며느리에게 아들을 낳으라고 강요할 수는 없는 것. 우리 세대가 죽고 나면 제사도 지내지 않을 것 같고, 선산 관리도 하지 않을 것 같다. 허망한 마음이 들지만, 사회 추세가 그렇게 흘러가는데 어떻게 가로막을 수가 있겠는가. 생각하면 허무하고 서글프지만, 어쩔 수 없다고 생각하자. 살아생전에 내가 할 수 있는 일만 하고 가자. 우리들이 죽고 나면 제사를 지내건, 아니면 선산을 묵뫼가 되도록 방치하건 간에 사자가 일어나서 꾸지람하겠는가. 또한 손주 세대로 내려가면 어떻게 될지 더 알 수가 없다. 살아생전에 내 위치에서 사람답게 살고 자식들 얼굴에 모닥불 끼얹지 않으면 된다.

우리가 살아 있을 때 먹고 싶은 것 먹고, 관광을 가고 싶으면 가고, 하고 싶은 것 하면서 후회하지 않게 살면 된다. 이미 사고방식이 다른데 왜 자식들에게 부담을 주어야 하는가. 절대로 의지하지도 말고, 자식이 잘되건 못되건 신경 쓰지도 말자. 또한 대리 만족도 바라지 말자. 좀 섭섭한 말이지만 우리는 우리 인생, 자식은 자식 인생이라고 생각해야 한다. 우리 부모는 자식에게 최후의 보루가 되어야 하지만 이미 자식들은 우리를 고인 물 취급하고 있다. 그것을 느끼지 못하는 노인들은 자식을 간섭하고 기대려 한다. 또한 본인이 이루지 못한 것이나 효를 강요하다가 봉변을 당하고, 부자 사이가 멀어진다.

내가 죽어야 혜택을 볼 수 있는 생명 보험은 절대로 가입하지 않는 것이 좋다. 못난 자식에게는 부모는 보이지 않고 돈만 보이기 때문에 화를 당할 수도 있다. 그저 우리는 자식에게 무거운 짐을 주지 말고, 있는 듯 없는 듯 조용히 살다 가자. 자식들이 사람이라면 강요하지 않아도 부모를 돌볼 것이고, 패륜아라면 내가 조심할 수밖에 없다.

가정 경제가 허용하면 암보험이나 실비, 치매, 상해, 간병인 보험은 가입하여 살아생전에 혜택을 받으면 좋다. 그런 보험을 들어 놓으면 병이 들고 몸이 불편하여도 자식에게 손을 내밀지 않아도 될 것이다. 굳이 생명 보험을 들고 싶으면 장례 비용 정도면 족할 것이다.

자녀들의 어깨에 무거운 짐을 주지 않으려면 효자, 효녀를
바라지 말고, 또한 간섭하지 않으면 된다. 꼭 명심하기를 바란다.

# 적을 만들면 안 된다

우리가 태어나서 유년기는 어떻게 보냈는지 모르겠지만 유치
원이나 초등학교를 다닌 이후부터는 인과 관계를 수없이 맺어 왔
다. 자의건 타의건 간에 수없이 맺어 온 인과 중에 내가 잘한 것
도 있을 것이고, 타인에게 상처를 준 일도 있을 것이다. 고의건,
아니면 당시의 어린 취기로 행하였거나 또한 뚜렷한 주관을 가지
고 한 언행이건 간에 세월이 지나서 생각해 보면 '내가 너무 심하
게 하였구나'하는 그런 생각이 드는 것도 있을 것이다. 그때는 그
것이 당연히 옳은 것인 줄 알았는데, 세월이 지나고 보니 그렇지
않았다는 것을 알았을 것이다. 바른 것은 영원한 것이 아니다. 항
상 가변적이고 힘 있는 사람들이 마음대로 다루는 전유물이기에
과오가 뒤따른다.

필자도 초등학교 동창회에 참석하여 반가운 사람들과 한잔

술로 회포를 풀고 즐겁게 대화를 나눈다. 그런데 여자 동창생들이 이구동성으로 필자를 참 별났다고 말하였다. 그때가 열두세 살 언저리로서 동창생들에게 잘못한 것이 한 가지도 없었다고 기억하고 있는데, 별났다고 하니 조금은 황당하였다. 그 무렵의 우리들은 그저 근심 걱정 없이 뛰놀면서 재미나게 어린 시절을 보냈다고 생각하였는데, 나에게 괴로움을 당한 동창생이 있었다는 것은 의외였다.

또한 직장 생활을 할 때도 직원들을 많이 배려해 주었지만, 오해하였는지 배신하고 비방하는 사람도 있었다. 이처럼 우리가 사회생활을 할 때 의식적이건 무의식적이건 타인에게 아픔과 괴로움을 주면서 살아왔다. 이젠 세월이 많이 흘렀기에 작은 것이건 큰 것이건 간에 그 사람을 만날 수 있다면 커피나 술 한잔 나누면서 허심탄회하게 대화를 나누는 것이 좋을 것 같다. 내가 몰랐으면 그냥 넘어가지만, 알면서도 모른 척한다는 것은 좀 대인의 풍도가 아니라고 생각한다. 굳이 상대방이 싫다면 어쩔 수 없지만 그렇지 않다면 만나서 지난날을 대화로 풀면 좋지 않겠나 생각한다. 큰일이건 작은 일이건 간에 먼저 손을 내민다면 마음에 짐을 덜 수 있을 것이다.

지천명을 넘긴 후에는 크게 잘못한 것이 없다고 생각하는데, 이것도 알 수가 없다. 물론 험한 세상을 살다 보면 분노와 증오도 있었을 것이다. 또한 내가 살기 위해서 작은 잘못도 분명히 저질렀을 것이다. 사이가 멀어진 친인척이나 옛 직장 동료, 친구들을 우연히라도 마주치면 내가 먼저 웃고 반기자. 그러다 보면 그때 이야기도 자연스럽게 나올 것이고, 잘잘못도 알 수 있지 않겠나 생각한다.

세월은 모든 인간에게 공평하게 주어진 것이다. 이젠 얼마나 더 살다가 죽을지는 모르지만 누구든 껄끄러운 관계를 만들지 말자. 우리가 거울을 앞에 두고 노려본다면 그 거울 속의 내가 어떤 표정을 짓겠는가. 내가 남을 색안경 끼고 보면 남도 나를 그렇게 본다. 내가 조금 양보한다면 다툼이 없어지고 마음 편하지 않겠는가. 이 나이에 한발 양보하고, 지고 산다는 철학을 가진다면 죽어서도 누운 자리가 따뜻할 것이다. 옳은 것이지만 젊었을 때처럼 필사적으로 옳다 주장하지 말자. 내 뜻을 관철하려고 설치지 않아도 주변 사람들은 누가 옳은지 그른지 알 수 있을 것이다. 그저 중용으로 살면서 적을 만들지 말자. 이긴다는 보장도 없는 실없는 일에 체면만 깎인다면 얻는 것보다 잃은 것이 더 많다. 또 상대방의 체면을 까뭉개 놓고 이겨 본들 기분이 좋겠는가. 사람이 살아가면서 남에게 칭찬받을 일만 가려서 할 수는 없다. 때로는 어쩔 수 없이 하기 싫은 일을 하거나 악역을 맡을 때가 있겠지만, 극단적으로 마지막 선은 넘지 말아야 한다. 먼 곳에 있는 적보다 친하지 않은 이웃이 더 위험하다. 이웃도 사귀어 놓으면 먼 친척보다 더 좋다. 절대로 적으로 두어서는 안 된다. 발에 밟힌 벌레는 죽지만 밟은 사람은 그것을 모를 때가 있다. 이 세상에 완전무결한 인간은 없다지만, 그래도 살아오면서 실수를 적게 하는 것이 좋다. 인과가 있으면 응보가 뒤따르는 것은 우리 인간 사회에서는 만고불변의 진리다. 험난하게 살아온 사람일수록 적이 많을 것이다. 개과천선의 마음을 가지고 회개하여야 한다. 우리는 항상 죽음을 곁에 두고 사는데, 이제라도 두루춘풍으로 세월을 보내자. 내가 진정한 마음으로 상대방을 대한다면 최소한 적으로 간주하진 않을 것이다. 내가 상대방을 미워하면 미워하는 것만큼, 저주하면 저주하는 것만큼 되돌아온다는 사실을 간과해선 안 된다. 상처를 주는 사람도 받는 사람도 다 함께 피해자가 된다. 아내가 마음 아프면 남편 마음도 아프고, 남편이 마음 아프면 아내 마음도 편치 않은 것과 같은 이치다. 결코 일방적인 승리

란 있을 수 없다. 사람 사는 것은 항상 상대적이다. 내가 상대방에게 잘하면 그 사람도 내게 잘해 준다. 나는 상대방에게 잘해 주지 않고 받으려고만 하면 안 된다. 적을 만들지 않는 방법은 베풀고 또한 지고 사는 것이다.

제4장

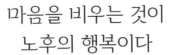

# 마음을 비우는 것이
# 노후의 행복이다

인간의 삶은 공수래공수거다

# 내 인생은 내가 주연이다

　　노인들에게 무엇 때문에 사느냐고 물어보면 대다수가 자식을 위해서 산다고 말한다. 또한 죽지 못해 산다고도 한다. 이런 사고방식은 대단히 잘못되었고 본인은 물론이거니와 남편이나 아내도 불행하다. 장성한 아들, 딸에게 뭘 바라고 또는 뭘 주겠다고 자식을 위해 산다고 말하는가. 장성한 자녀들이 먹고살 만하여도 돈이나 주면 좋다 하겠지만 그 외에는 좋아할 것이 아무것도 없다. 자녀들 집에 찾아가는 것도 좋아하지 않을 뿐만 아니라 명절, 제사 등 집안 행사 때도 점점 참석하지 않고 충고나 꾸중하면 못마땅하게 생각한다. 손주들에게 정을 줄 수도 없고, 세대 차이가 나기 때문에 같이 놀아 주기도 어렵다. 또한 가까이 가면 손주들이 싫어하고 아들이나 며느리, 딸들이 달갑게 여기지 않는다. 우리들은 손주들이 귀엽고 예뻐서 뭐라도 해 주고 싶은데, 자식들은 그렇게 생각하지 않는다. 사정이 이러한데 무엇 때문에 자식을 위해 산다고 하는가.

　또한 왜 죽지 못해 사는가. 우리 늙은이들은 자녀들을 신경 쓰지 말고 부부를 위해 살자. 부부를 위해 사는 것이 자신을 위해 사는 것이다. 삶이 얼마나 남았는지 알 수 없지만 남편은 아내를, 아내는 남편을 위해 챙겨 주고 보살피면서 오순도순 살자. 젊었을 적에 잘해 주었는데 늙어서도 시중들라는 말이냐고 항변하지 마라. 늙은 몸 서로 의지하면서 남은 인생 즐겁게 살다 가면 얼마나 좋은가. 물론 필자도 아내를 잘 챙겨 주지 않는다. 내 몸도 썩 좋지 않은데 아내를 어떻게 일일이 신경을 쓰느냐. 경제권을 쥐고 있는 아내가 뭐든지 하고 싶으면 마음대로 할 수 있는데 내가 챙겨 줄 것이 뭐가 있느냐고 생각하다가도, 병원 갈 때 함께 가 주고 시장에 갈 때도 동반하여 밀차도 끌고 오니 은근히 좋아하는 것 같다. 그런데 필자가 병원을 너무 싫어해서 거기에 함께 가는 것은 도살장에 끌려가는 소처럼 진짜 싫다. 그렇지만 어쩌겠는가. 조금만 내가 더 배려한다면 아내는 기분이 좋지 않겠는가.

　아내나 남편이 죽고 없다면 자기 자신을 위해 살자. 사별한 사람과의 좋았던 추억을 그리면서 하루하루를 알차게 보내면 된다. 무엇이 보람찬 것이 있느냐고 묻지 마라. 운동을 해도 보람찬 하루라고 생각하면 알차게 하루를 보낸 것이고, 여행을 가는 것도 괜찮다. 보람찬 것이 특별한 것이 아니다. 무미건조하게 보내는 것보다 하고 싶은 것 하면 내 삶에 활기가 넘칠 것이고, 보람찬 것이다. 그것이 바로 자신을 위해 남은 생을 알차게 꾸미는 것이다. 필자처럼 썰렁한 집을 영혼이 꿈꾸는 보금자리로 만들어 습작의 산실로 해도 괜찮을 것이다.

필자가 열거한 이런 것들을 일상생활 속에 행하면서 올곧게 산다면 결코 나쁜 삶이 되지는 않을 것이다. 지옥이 따로 있는 것이 아니다. 마음이 편치 못하고 근심 걱정이 많으면 그것이 바로 지옥이다. 사람은 황혼이 다가오면 어떻게 살아왔는지 발자취가 뚜렷하게 남는다. 뿌린 대로 거둔다고 하였다. 내가 얼마나 아내나 남편, 자식에게 베풀었는지 뒤돌아보면 알 것이다. 아내와 남편과의 잘못 만난 인연일지라도 이미 내가 선택한 사람인데 후회하지 말고 최선을 다하자. 두 사람이 마주 바라보면서 한평생을 살아왔는데 미운 정, 고운 정 흠뻑 들지 않았는가. 인생은 객관적이 아니고 나의 의지가 담긴 주관적이다. 그리고 우리의 삶은 연습으로 살 수 없고 재생할 수도 없는 일회용이다. 삶은 어떻게 살아도 미련과 아쉬움이 남는다. 그리고 어떻게 살아야 한다는 정답도 없다. 인생을 연습으로 살 수 없듯이, 삶의 무게도 저울에 달 수 없다. 다만 삶의 두께와 무게는 비례한다는 것을 알아야 한다. 임종 때 후회하는 마음이 없고, 그 누구에게도 손가락질 받지 않는다면 괜찮은 삶이라고 자부할 수 있다. 내 인생은 내가 주연이다. 혈기가 넘치던 젊은 날에 견줄 수야 없지만 이 나이에 떡 줄 사람과 매를 줄 사람, 또한 선한 사람과 악한 사람은 가릴 수 있는 안목은 가졌을 것이다. 그 깨우친 안목으로 세상을 잡도리한다면 만사가 잘 풀릴 것이다. 내가 바쁘게 설치면 세월이 빨리 가고, 내가 여유 있게 움직이면 세월도 천천히 간다. 즉, 하루살이처럼 천방지축 설치지 않으면 된다. 살면서 사소한 인연도 허투루 여기지 않고 좋은 인연은 오래도록 내 곁에 두면 된다. 우리 부부 한세상 살면서 서로를 은애하고 죽을 때까지 곁에 머물 수 있도록 최선을 다하자. 그것이 바로 행복한 삶이요 천국이다. 한평생 살다 보면 서로를 모른 척할 때도 있었고, 또한 어쩔 수 없이 침묵을 지킬 때도 있었을 것이다. 부부란 그런 세월을 감내하면서 오늘까지 먼 길을 함께 걸어왔다. 이젠 당신이 있어 행복하다고 말하자. 내 인생은 내가 주연이다. 장성한 자식을 위해 조연이 될 수 없다. 얼마나 남았는지 알 수 없는 우리의 삶, 서로 손잡고 보람 있게 살다가 고통 없이 가족과 이별하자.

# 내 위치를 일탈하지 말자

　　나이를 먹을수록 그에 비례하여 똥고집만 늘어나는 것 같다. 나는 그렇게 생각하지 않는데, 아내나 지인들과 대화를 나눠 보면 주장이 강하다고 말한다. 그래서 가급적 농담을 적게 하고 마음을 너그럽게 가지려고 노력하고 있다. 그렇지만 세상 돌아가는 꼬락서니가 눈살을 찌푸리게 하고, 귀를 씻어야 할 만큼 은근히 속에서 천불이 올라온다. 그렇지만 우리 나이대는 패기롭던 젊음도 어느덧 흘러가고, 이젠 육신과 영혼이 저물어 가는데 어떻게 하겠는가. 세상 돌아가는 모습에 마음만 답답할 뿐이다. 내 몸 건사하기도 힘든데 다른 곳에 신경을 쓰니 혈압이 올라가는 것은 당연지사다. 그러나 노인이지만 나라가 무너질 정도로 정치판이 개판이 된 것을 보니 마음이 답답하다.

　　권력에 맛을 들인 위정자들이 본인의 자리를 일탈하여 추태를 부린 결과다. 자신의 위치를 망각하고 천방지축으로 설치기에 대한민국을 구렁텅이로 밀어 넣는 것이다. 늙은이가 별걱정을 다 하는 것 같아 실소를 자아내지만, 입맛이 쓴 것은 사실이다. 늙으면 몸뚱이나 걱정해야지 웬 주책 떠느냐고 핀잔을 주겠지만, 어디 사람 사는 것이 꼭 내 밥그릇만 챙길 수가 있는가. 귀에 들려오는 것은 이전투구하는 추한 뉴스뿐이다. 보이는 거라곤 눈을 씻고 귀를 막아야 할 만큼 아귀다툼하는 정치인들의 목소리가 천지를 진동한다. 누가 옳은지 그른지 분간이 가지 않을 정도로 혼탁한 작금의 대한민국호는 방향키를 잃고 망망대해에 표류하는 난파선 같다.

필자가 어렸을 때 사내답지 못한 놈이라고 핀잔을 들은 적이 있다. 그때는 무슨 말인지 몰랐지만, 나중에야 남자라는 위치에서 걸맞지 않은 언행을 하였을 때 꾸짖는다는 말인 것을 알았다. 우리는 이 말을 많이 쓰는데, 우리 자신은 어떠한가. 자신의 위치에서 당신답지 않다는 말을 듣지 않을 자신이 있는가. 필자는 지나온 과거를 반추해 볼 때 잘하였다고 장담을 못하겠다. 아니, 솔직히 말하면 부끄러워 고개를 들지 못하겠다. 청상과수가 되어 억척스럽게 6남매를 뒷바라지하신 어머니에게는 아들답지 못했고,

아내에게는 남편답지 못했다. 또한 자녀들에게는 자상한 아버지 답지 못했고, 직장에 몸담고 있을 때도 당시의 위치에서 처신을 잘하였다고 자신할 수 없다. 지난날을 돌이켜보면 온통 잘못한 것만 생각난다. 오뚝이처럼 프로 정신으로 살았다고 자찬하였는데, 노년에 생각해 보니 무엇 하나 잘한 것이 없으니 참 서글픈 마음이 든다. 다시 태어난다면 이렇게 살진 않겠지만, 그렇다고 언제까지나 의기소침하게 침울해 있을 수는 없다. 때 늦게 후회하고 괴로워한들 무슨 소용 있으랴. 이젠 얼마 남지 않은 삶이다. 하루하루를 반성하고 또 반성하는 마음으로 내 위치에서 열심히 살아야 한다. 그래야 조금이라도 남아 있는 자존심을 지키지 않겠는가. 우리 노인들이 늙어 가는 것도 서러운데, 집에서나 밖에서나 개밥에 도토리처럼 설 땅이 없다면 너무나 서글프지 않겠는가. 누가 알아주지 않아도 엄연히 우리들은 오늘까지 본인의 자리를 지키면서 본분을 다하였다고 생각한다. 꾀부리지 않고 성실하게 노력하였기에 오늘날 이만큼이라도 밥숟가락 뜨고 사는 것이 아니겠는가. 가난에 쪼들린 살림에 또한 많은 형제 간 속에서 제대로 배우지도 못하였지만, 나름대로 열심히 살아오지 않았는가. 젊은 시절에는 살기 위해 동분서주하면서 부모 봉양과 자식을 키운다고 먹고 싶은 것 제대로 먹어 보지 못했을 것이다. 관광은 꿈도 꾸지 못했고, 별을 보고 집을 나서도 오로지 천직이라 생각하면서 일벌레가 되었다. 우리 노인들이 비관하지 말고 품위 있고 의젓하게 집안의 어른이 되자. 그렇게 살려면 자급자족해야 한다. 자식이나 그 누구에게도 아쉬운 소리를 하지 않아야 한다. 품위 유지는 타인이 만들어 주는 것이 아니다. 먹고 사는 것이 궁핍하면 자식들에게 아쉬운 소리를 하겠지만, 내가 벌어서 검소하게 생활하면 된다. 즉, 부양 대상이 되지 않아야 한다. 그리고 행동을 반듯하게 한다면 그 누구도 무시하지 않을 것이다. 우리는 모든 짐을 내려놓았는데, 뭐가 아쉬운 것이 있겠는가. 우리 늙은이들의 위치에서 개차반으로 놀지 않으면 가족이나 주변 사람들에게 인격적인 대우를 받을 것이다. 자녀들에게 모든 것을 맡긴 후에는 어쭙잖게 나서지 말자. 내 본분을 지키면서 남은 삶 편안하게 보내자. 부귀공명도, 재물도, 우리 나이에는 뜬구름과 같다. 그 뜬구름을 잡아 본들 얼마나 오래도록 손아귀에 움켜쥐고 있겠는가. 우리 노인들은 욕심을 버리고 마음을 비운다면 본인의 자리를 지킬 수 있을 것이다. 모든 사람이 비난하여도 나에게는 우리 가족이 삶의 바탕이 되는 중요한 사람들이다. 또한 내 위치가 우리 가정에 든든한 기둥이 되는 자리라는 것을 잊으면 안 된다. 모든 일에 마음 단단히 먹고 자중자애하자.

# 자동차 운전은 안 된다

사람은 나이를 먹을수록 육체도 정신도 노화가 빨리 진행된다. 남자건 여자건 늙으면 뇌세포가 죽어 간다고 학자들이 말한다. 뇌세포는 재생이 되지 않기에 노년이 되면 신체적으로 많은 증상이 나타난다. 기억력이나 사고력, 운동 신경이 저하되어 마음먹은 대로 몸이 따라 주지 않는다. 그래서 자신도 모르게 착각하고 불필요한 행동을 한다. 이것은 나이가 들면 인지력이 저하되는 현상이기에 자책하거나 슬퍼할 필요는 없다. 그러나 대처는 해야 한다. 내 나이 또래의 상대방을 보라. 안 늙었다고 장담할 수 있겠는가. 아직도 저 정도는 젊은이 못지않게 팔팔하다고 말할 수 있겠는가. 그리고 나 자신을 스스로 관조해 보자. 물론 사람의 체질에 따라 노화가 빨리 오거나 조금 늦게 오는 사람도 있을 것이다. 젊었을 적에는 실수하여도 '뭐 그럴 수 있지' 생각하면서 관대하게 봐주는데, 나이 많은 노인이 실수하면 주책 부린다면서 치매로 간주한다.

공평하게 주어진 세월에 몸과 마음이 많이 황폐하였지만, 최대한으로 가꾸고 예방하면서 살아야 한다. 무슨 일이건 저지르고 난 후에 후회해도 소용이 없고, 원상태로 복구하려면 비용도 엄청나게 들어간다. 또한 원상 복구가 불가능한 것도 있다. 나이가 많은 것이 자랑이 아니다. 이 세상에 어떤 사람도 나이 많은 것을 위대하게 생각하지 않는다. 그러기에 우리 늙은이는 젊은 날보다 더 조심하여야 한다. 즉, 우리 나이는 징검다리도 두들겨 보고 건너야 할 정도로 신중해야 한다.

필자는 텃밭 농사를 짓기 때문에 화물차를 운전한다. 그렇지만 음주 운전이나 야간 운전은 일절 하지 않는다. 10여 년 전에 야간 운전을 하는데, 갑자기 어지럽고 눈앞이 캄캄한 것이 사고를 낼 뻔하였다. 그전에는 이러지 않아서 이튿날 병원에 갔더니 백내장에 신경을 많이 쓰면 일시적으로 시신경이 마비 현상을 일으킨다고 하였다. 그렇지 않아도 길치에다 야간 운전은 자신이 없었는데, 이후로는 아예 야간에는 운전대를 잡지 않았다. 그리고 주간에 운전할 때도 산만할 때가 회수를 거듭한다. 젊었을 적에는 잘하였던 것도 실수하고, 마음먹은 대로 잘되지 않고, 행동이 굼뜬다. 그래서 필자는 절대로 2시간 이상 운전대를 잡지 않는다. 그리고 텃밭을 처분하면 운전대를 놓으려고 한다.

같은 아파트에 노부부가 살고 있는데, 내 나이보다 두세 살 많게 보여 나이를 물어보았다. 그런데 그 노인은 필자보다 열두 살이 많은 띠동갑이었다. 너무나 곱게 늙었고 정정하기에 탄복을 금치 못했는데, 본인은 안 아픈 곳이 없어 병원 가는 것이 일과라고 하였다. 그럭저럭 대화를 나누는 사이가 되었는데, 그 노인은 병원을 자주 다니고 있었지만, 꼭 택시를 이용한다고 말하였다. 그래서 하루는 병원 갔다 오는 길에 필자 집에 들러 차를 마시면서 많은 대화를 나누었는데, 배울 점이 많았다. 운전하지 않으려고 자가용을 처분하고 택시를 이용하는 것. 아들이 가까운 곳에 살고 있지만 기대거나 도움을 받지 않고 노부부가 서로 의지하면서 살아간다는 것, 성질을 죽이고 웃고 사는 것, 저승으로 호적을 옮길 때가 다 되어 가는데 뒤늦게 탐욕을 부리면 누운 자리가 불편하다고 말하는 등 귀감이 되는 말씀을 많이 하였다.

그렇다. 늙을수록 흰머리만 많아지는 것이 아니라 육신도 생기가 빠져서 잘 따라 주지 않는다. 아직 정정하다고 과신하여 운전하였다가 사고를 일으키면 자신은 물론이요, 피해자가 있다면 어떻게 감당하겠는가. 늙어서 그런 망신을 당하면 지인이나 자식들에게 볼 낯이 없을 것이다. 나도 망가지지 않고, 자식에게 걱정을 주지 않으려면 자가용을 운영하는 돈으로 택시를 이용하면 된다. 자가 진단을 하여 자신이 정상이 아니라고 판단이 된다면 절대로 운전대를 잡지 않아야 한다. 이것을 실천하려면 차와 면허증을 처분하면 쉽게 해결될 것이다. 교통사고는 날마다 귀에 못이 박힐 정도로 우리 귀에 들려온다. 우리 노인들은 한순간의 실수로 손가락질을 받지 말자. 또한 어떤 경우이건 간에 절대로 음주 운전은 하지 말자. 음주 운전은 운전대를 잡는 그 자체가 범죄라고 생각하면 된다. 술을 먹고 운전하는 것은 가장 미련하고 지각없는 사람이 하는 짓이다. 또한 패가망신의 지름길이다. 어쩔 수 없이 술을 먹어야 한다면 차를 두고 가면 된다. 부득이 차를 가져갔다면 음주한 후에는 택시를 이용하거나 대리운전 기사를 부르면 된다. 몇만 원 아끼려다가 쪽박 찬다. 삶은 어떻게 살아도 미련과 후회가 남는다는 말이 있다. 그렇지만 내가 잘못을 저지르면 가족이나 주위 사람들에게 볼 낯이 없다. 우리는 하루하루가 금쪽같은 삶이다. 이런 황금 시간을 허투루 보내면 너무 억울하지 않겠는가.

# 손주에게 집착하지 마라

　노인들이 만나면 자식 자랑보다 손주 자랑이 앞선다. 남자들은 자식이나 손주 자랑을 안 하는 줄 알았는데 의외로 입에 많이 올린다. 남자들이 이럴진대 여자들은 오죽하겠는가. 요즘에는 자녀들이 만혼하는 바람에 고희가 되어서도 손주를 보지 못하는 노인들이 많다. 그리고 요즘 젊은 사람들은 결혼하여도 아이를 낳으려고 생각하지 않는다. 또한, 낳아도 딸이나 아들 한 명만 놓고 단산한다. 그렇게 하니 손주가 귀해도 너무 귀하다. 이렇게 귀한 손주들이다 보니 우리 노인들이 좋아해도 너무 좋아하여 하루라도 안 보면 안달이 날 정도로 손주 바보가 된다.

　요즘 애들은 성숙이 빠르다. 수십 년 전의 우리가 클 때와는 환경이나 생활 수준, 문화가 현저하게 차이가 나기에 비례해서 성숙도 빠르다. 우리는 세대 차이가 난다는 말을 자주 한다. 1세대는 30년인데 손자들은 우리들과 얼마만큼 세대 차이가 나겠는가. 우리가 자식을 키우던 때와 자식들이 손주 키우는 것을 비교해 보라. 급속하게 변천하는 사회에 우리 늙은이가 적응하지 못할 정도다. 요즘에는 아이가 너덧 살만 되어도 아이가 아니다. 우리들이 어렸을 때와는 비교도 할 수 없을 정도로 어찌나 야물지고 똑똑한지, 혀를 내두를 정도다. 그런 손주를 우리 노인의 눈높이로는 가늠할 수가 없다. 또한 우리 때와 교육 방식이 틀리기 때문에 아들이나 며느리들이 손주들과 접촉하는 것을 싫어한다. 그런데 우리는 그저 손주들이 귀엽고 사랑스러워서 가까이하려고 한다.

고희가 넘어도 사업을 하는 필자의 지인은 일주일에 한 번은 손자를 봐야 한다면서 공장에서 아들 집으로 바로 달려간다. 며느리나 아들이 손자를 데리고 오지 않으니까 세 살 된 장손이 보고 싶어 일이 손에 잡히지 않는다고 하였다. 지인은 형제 간이 많아도 독자이고, 아들도 독자이기에 고희가 넘어서 본 손자가 얼마나 예쁘겠는가. 본인은 손자에 관하여 들뜬 기분으로 자랑하지만, 눈치를 보니 아들 내외에게 그렇게 환영받는 것 같지는 않았다.

필자도 손녀 하나뿐이다. 우리 자녀들 세대에 와서 갑자기 가정 체계가 무너지니 속으로 당황스럽다. 그렇다고 며느리나 아들에게 손자를 낳으라고 강요할 수가 없어 속을 끓이다가 체념하였다. 그래서 필자가 살아 있을 때 선산도 정리를 하고 사후에는 자녀들이 돌보지 않아도 괜찮도록 화장하여 고향 산천에 뿌리거나 의과대학 등에 연구용으로 기증하려고 마음을 먹고 있다. 서글픈 마음이 들지만, 사회 추세가 그렇게 흘러가니 속수무책이다. 그렇다면 우리는 어떻게 해야 손주들이 보고 싶을 때 다가갈 수 있는지 고심해 봐야 한다.

첫째는 깨끗하게 씻어서 냄새가 나지 않게 해야 한다. 거기에 스킨로션 등 화장품도 바르는 것이 좋다. 향수도 약간 뿌리면 금상첨화다. 아이들이 냄새에 민감하여서 씻지 않고 끌어안거나 옆에 오면 자연히 싫어한다. 거기에 담배 냄새, 땀 냄새까지 난다면 며느리도 좋아하지 않을 것이다.

둘째는 손주들이 할아버지 집에 오도록 만들어야 한다. 그렇게 하려면 손주들의 나이나 성별에 맞춰서 대하여야 한다. 무슨 말이냐 하면 손주들이 관심을 가질 수 있는 것을 주면 된다. 휴대폰을 사 줘도 되고, 킥보드나 자전거를 가르쳐 주면 좋아할 것이다. 주변에 인라인스케이트를 탈 수 있는 운동장이 있다면 함께 배우면 더욱 좋다. 또 집 근처에 태권도, 검도 등 도장이 있으면 손주들과 함께 배우면 된다.

셋째로는 아이들이 할아버지 집을 찾아오면 즐겁게 놀다 갈 수 있도록 배려를 해 주어야 한다. 할아버지 집에 가면 장난감이나 인형, 그림책, 컴퓨터 등이 있으면 손주들이 자주 찾아올 것이다. 손주들이 커 갈수록 거기에 맞춰 생일이나 명절 때에는 갖고 싶어 하는 것을 선물하고, 수시로 용돈도 주어야 한다. 할아버지 집을 찾아가거나, 할아버지가 오면 아이들이 기대할 수 있도록 뭐든지 주어야 반긴다. 그래야 할아버지를 기다리고 할아버지 집에 놀러 오고 싶어 한다. 이렇게 하는 것도 손주들이 중학교에 들어가기 전의 일이다. 조숙한 아이는 초등학교에 입학하면 할아버지가 아무리 잘해 주어도 시들해지고 흥미를 느끼지 못한다.

이 모든 것이 경제적인 여유가 있어야 할 수 있다. 또한 자식이나 며느리의 동의가 반드시 필요하다. 왜냐하면 아들이나 며느리가 생각하는 교육 방법과 다르다면 그렇게 좋아하지 않을 것 같다. 제일 좋은 방법은 손주들에게 매달리지 말고 관심을 가지지 않는 것이다. 장손이나 손주들이 우리 노인에게 뭐가 그렇게 대단한가. 손주는 아들 내외가 키우는 것이니 과도하게 애정을 쏟을 필요가 없다. 우리에게는 건강이 최고다. 따라서 근심 걱정 없이 마음이 편안하면 그것이 바로 낙원이다.

# 인간애를 끓어 내자

자식들을 품 안에 가두지 말자. 자식이 나이가 들어도 아이 같고 물가에 앉혀 놓은 것처럼 불안하게 생각하지만, 그런 노파심은 버려야 한다. 자식은 부모의 소유물이 아니다. 특히 나이가 성년이 되었으면 절대로 끼고 살아서는 안 된다. 직장을 잡았건 아니면 취업 준비를 하고 있건 독립을 시켜야 한다. 혼자 설 수 있도록 종잣돈이라도 조금 주어 자립시켜야지 계속 끼고 있으면 나태해지고 부모에게 의지하려는 마음뿐이다.

인성을 바르게 심어 주지 못한 자식은 머리가 굵어지면 언행이 거칠어진다. 무조건 공부만 강조하고 부모로서 모범을 보이지 못한 채 오냐오냐 버릇없이 키웠다면 사회에 적응하기가 쉽지 않다. 이런 자식은 부모를 공경하지 않을 뿐만 아니라 자신만 생각하기에 동기간에도 끈끈한 정이 없다.

물론 자식들이 이렇게 된 것은 전적으로 부모 잘못이다. 자식을 돈으로 키웠거나 부모로서 모범을 보이지 못했기 때문이다. 이런 자식은 버릇이 없고 남을 배려하지 않는다. 모든 것을 본인 위주로 생각하기 때문에 주변 사람들에게 피해를 많이 준다. 그렇지만 이미 늦어 버린 인성 교육을 다시 할 수도 없고, 바른말로 개선시키기도 불가능하다. 그렇다고 대책 없이 가만히 있을 수는 없다. 온실의 화초는 큰 나무로 키울 수 없고, 밖에 내놓으면 적응하지 못하고 고사한다. 최선책은 내가 살아 있을 때 독립시키는 것이다. 실패하면 수업료라 생각하고 또 시작해야 한다.

세상이 가정처럼 따뜻하지 않다는 것을 배워야 한다. 험하고 녹녹지도 않다는 것을 깨달아야 한다. 살아가야 할 사회가 북풍한설처럼 차갑다는 것도 체험해야 한다. 고생하면서 돈을 벌어 봐야 돈의 중요함도 알 것이다. 물론 자식을 망망대해에 버리는 심정이겠지만, 독한 마음을 먹고 독립시키면 자식도 노력하지 않겠는가. 친구들이나 이 세상 사람들이 어떻게 사회생활을 하고 있는지 보고, 듣고, 배워야 한다. 이 세상에 아버지가 없는 자식은 아무도 없다고 하지만, 끼고 있다가는 낙오자가 되고 부모는 화를 당하기가 쉽다. 자식을 부모 위치에서 보지 말고 객관적으로 관찰하면 자녀의 그릇이나 됨됨이를 알 수 있을 것이다. 여자를 사귀거나 직장을 바꾸거나, 아니면 놀고 있어도 독립시킨 후에는 절대로 간섭하지 마라. 굶고 있어도 경제적으로 도움을 주지 마라. 단 결혼이나 진로를 상담해 오면 적극적으로 응하라. 자식은 품 안에 있을 때 자식이다. 야생동물이나 날짐승도 새끼가 어느 정도 크면 먹이를 주지 않고 독립시킨다. 내 자식이 인성을 상실하여 사회에 적응하지 못하고 해악을 불러온다면 자식의 앞날도 걱정되지만, 부모도 자식을 잘못 키웠기에 자유로울 수가 없는 것이다.

사람과 사람 사이는 적당하여야 한다. 부자지간이 가까운 사이라 하더라도 유지하여야 할 최소한의 거리가 있는 것이다. 부모는 튼튼한 버팀목이 되어서 자식들을 이끌어 주어야 할 의무가 있다. 우리가 한창일 때는 태산도 들어 옮길 정도로 역발산 기개가 하늘을 찔렀다. 그러나 이젠 쇠약하여 한 줌 흙으로 돌아갈 날만 기다리지 않는가. 요즘 자녀들은 우리가 클 때와는 판이하게 너무나 나약하고 끈기가 없다. 우리가 언제까지나 자식을 끼고 살 수는 없다. 데리고 있는 것보다는 독립시키는 것이 백번 옳은 말이다. 자식이 독립하여 열심히 노력하는데도 안 되면 그때 도와주어도 늦지 않다. 자식이 사회가 어떻다는 것을 충분히 경험하고 교훈을 얻었으니까 투자한다 생각하고 기분 좋게 밀어주면 된다.

못난 자식은 애물단지다. 개불상놈이라 하여도 내칠 수 없고, 영영 외면할 수도 없다. 어떻게 하든 사람으로 만들어야 하지 않겠는가. 그 최선의 방법이 데리고 있는 것보다는 독립시키는 것이다. 인생을 가불해서 살 수 없고, 연습으로도 살 수 없다는 것을 깨달아야 한다. 그것은 직접 부딪쳐서 깨지고 피를 흘려야 나약한 마음을 다잡고 능동적으로 살 수 있을 것이다. 냇가에 조약돌이 처음부터 단단한 돌로 태어난 것이 아니다. 높은 산에서 풍우에 쪼개져 구르고 굴러 산 아래로 내려왔다. 또한 냇가에서 부딪치고, 깨지고, 닳고 닳아서 예쁜 조약돌이 된 것이다. 결코 하루아침에 조약돌이 된 것이 절대 아니다. 오랜 세월을 거치면서 몸으로 부딪쳤기에 그렇게 단단한 조약돌이 된 것이다.

자식을 귀엽고 여리게만 봐선 절대로 안 된다. 또한 내가 손잡아 주지 않으면 혼자 설 수 없다고 생각하지 마라. 돈이 많아도 자식을 그렇게 키워 놓으면 사후 그 재산을 지키지 못하고 거덜내는 것은 금방이다. 사회의 구성원이 되어서 강인하게 살아갈 수 있도록 가르치고 이끌어 주어야 한다. 그렇게 해야 인생의 패배자가 되지 않고, 태풍이 몰아치고 천한백옥 같은 세상을 슬기롭게 헤쳐 나갈 것이다.

# 금전 거래는 안 된다

 사람이 살아가면서 금전 거래를 하지 않을 수가 없다. 가깝게는 부모, 형제 간에도 할 수 있고 또한 친구나 지인과도 거래할 수 있다. 큰돈이건 작은 돈이건 급하니까 가까운 친척이나 지인들에게 빌리기도 하고 빌려주기도 한다. 그러나 사업으로 돈놀이를 하는 사람은 그것이 먹고살기 위한 하나의 수단이니까 어쩔 수가 없지만, 그 외에는 금전 거래를 하지 않는 것이 좋다. 특히 가까운 사이인 부자간이나 형제 간, 지인들과는 절대로 하지 않아야 한다. 그렇지만 모르는 사람에게 돈을 빌릴 수가 없으니까 가까운 사람에게 돈을 빌리는 것이라고 항변할 것이다. 필자가 심사숙고해 보니 대출을 받거나 마이너스 통장 등을 개설하여 은행과 거래하는 것이 좋다고 생각한다.

 왜 필자가 금전 거래를 하지 말라고 강조하느냐 하면, 대부분 그 끝이 좋지 않아서다. 돈은 앉아서 빌려주고 서서 받는다는 옛말도 있듯이, 빌려주기는 쉬운데 회수하기가 대단히 어렵다. 특히나 많은 돈을 빌려주면 비례해서 돌려받기가 더 어렵다. 그러다가 의가 상하고 원수가 되는 경우도 비일비재하다. 돈을 빌린 사람이 경제가 나아지면 반환하겠지만, 마음먹은 대로 잘되지 않아 갚는다는 기일을 어기는 것이 부지기수다. 또한 갚을 형편이 되어도 호의호식하면서 차일피일 미루고 갚지 않는 심보가 뒤틀린 사람도 보았다.

우리는 황혼 열차를 탄 노인이다. 좋은 일을 한다고 형제나 자식, 친지나 급한 이웃에게 돈을 빌려주는 경우가 있는데, 언제 회수하려고 빌려주는가. 돌려받을 생각 없이 그냥 주는 것이라면 아무런 문제가 발생하지 않는다. 그렇지만 돌려받으려고 한다면 거래하지 않는 것이 좋다. 특히 노후 자금이라면 단 1원도 빌려주지 않아야 한다.

흔히 자식들이 사업을 한다, 무슨 일이 터져서 수습해야 한다고 막무가내로 돈을 빌려 달라고 하는 경우가 있다. 이때 부모는 자식이 잘되는 것을 바라는 마음으로 집도 팔고, 전지도 팔고, 빚내어서 돈을 마련해 준다. 그러나 결국은 불행으로 이어져

돈을 빌려준 부모는 쪽박을 차게 된다. 물론 돈을 빌려 간 사람 모두가 채무 이행을 하지 않는다는 말이 아니다. 하지만 돈 문제로 사건이 발생하고 부자지간이나 친지 간에 의가 상하고 불행한 일이 다반사로 일어나기에 금전 거래를 하지 말라는 것이다.

나이가 많을수록 수성이다. 어쭙잖게 사업을 한다거나 자식들에게 돈을 빌려주어 행복한 삶을 불행으로 만들면 안 된다. 있는 것 아껴 쓰고, 작은 소일거리라도 찾아서 몸을 움직인다면 그것이 곧 행복이요 우리 노인네가 살아갈 길이다.

내가 잘살자고 자식이 곤궁에 처해 있는데 당신 같으면 모른 척하겠느냐고 반문한다면 할 말이 없다. 길거리에 나앉아도 어쩔 수 없다고 생각한다면 빌려주어도 괜찮다. 단, 되돌려받으려는 생각은 절대로 하지 말아야 한다. 우리네 자식들은 자수성가하려는 마음은 없고 부모에게 기대려고 하는 경향이 많다. 부모 재산을, 자기가 벌어서 맡겨 놓은 것처럼 당당하게 달라고 하는데, 쪽박을 차려면 무슨 짓인들 못 하겠는가. 그런 자식은 성공하여도 부모를 돌보지 않고 고의로 외면하는 경우가 많다.

우리 세대는 부모에게 물려받은 재산 없이 뼈가 휘도록 열심히 노력하였다. 온갖 수모를 겪으면서도 잘살아 보겠다고 독한 마음을 먹고 돈을 벌었기에 오늘이 있는 것이다. 그런데 요즘 젊은이들은 잘난 녀석이나 못난 녀석이거나 부모에게 기대려고 한다. 처음부터 일언지하로 잘라야 연속성이 없다. 자식에게 사업자금이나 어려울 때 돈을 주는 것은 밑 빠진 독에 물 붓는 격이다. 가난은 나라도 구제 못 한다는 말이 있는데, 딱 맞는 말이다. 한 번 주게 되면 두 번, 세 번 계속 주어야 하고, 안 주면 그때는 부모도 눈에 뵈지 않아 불효를 저지른다. 금전은 절대로 빌려주면 안 된다. 금전 거래를 하는 그 순간부터 후회하게 되고, 종래에는 모두가 불행해진다.

우리 노인들은 자식 걱정은 하지 않아야 한다. 왜냐하면 자녀들도 우리만큼 노력하면 어느 정도는 살 수 있다고 본다. 그런데 노력은 하지 않고 쉽게 살려는 자녀들에게 지원한다는 것은 잘못된 사고방식이다. 우리가 노인이 된 지금도 자식을 위해 살아야 하는가. 그것은 아니라고 생각한다. 자식 잘되기를 바라는 마음이야 한결같지만, 무조건 퍼 주는 것만이 능사는 아니다. 자립하는 정신을 심어 주기 위해서도 자녀들에게 돈은 주지 않는 것이 좋다. 자식이 열심히 살다가 잘못되면 일시적 피난처로 와서 재기할 수 있도록 우리는 뒤에서 꿋꿋하게 버티고 있으면 된다. 다 주고 난 뒤, 자식 사업도 실패하였다. 나도 가진 것이 없어 조석 끼니를 걱정해야 한다면 자식 인생만 망가지는 것이 아니고 내 노후도 엉망진창이 된다. 그땐 땅을 치면서 후회해도 이미 늦다.

# 자녀들에게 바라지 말자

우리들의 부모님은 보릿고개를 겪으면서도 나름대로 최선을 다하여 많은 자녀를 키웠다. 비록 먹고사는 것이 빈약하고, 돈이 없어 높은 학교를 보내진 못해도, 자식들에 대한 사랑은 지극하였다. 필자가 태어난 그 시절에는 하루 세끼 밥을 먹는 사람이 거의 없었고, 점심을 굶는 것이 보통이었다. 모두가 가난하여 중·고등학교에 다니기도 어려웠고, 4년제 대학교에 입학한다는 것은 언감생심 꿈도 꾸지 못했다.

시골에서는 자식들을 키워서 결혼시키면 부모로서 할 일을 다한 것으로 생각하였다. 우리는 부모님의 바람대로 적수공권 객지에 나와 닥치는 대로 뭐든 일을 하여 작은 성취를 이루었다. 초등학교를 나왔어도 자영업이나 사업가로, 독학해서 공직으로, 또는 회사에 취직하여 열심히 일하였기에 남에게 구걸하지 않을 정도로 작게나마 성공하였다. 우리 부모는 나이가 들면 자식들에게 많은 것을 의지하였고 우리도 부모님을 정성으로 모셨다.

하지만 어쩌겠는가. 이젠 시대가 변하였다. 우리들이 자녀들을 사랑으로 보살피고 최선을 다했지만, 자녀들의 기대에 못 미칠 수도 있다. 또한 우리가 클 때처럼 자식에게 의지하고 바란다는 것은 꿈도 꾸지 못할 정도로 천지개벽이 되었다. 요즘에는 결혼하여도 부모와 함께 신접살림한다는 며느리는 찾아볼 수 없을 정도로 귀하다. 물론 우리도 부담스러워 함께 살려고 생각하지 않겠지만, 세상이 그만큼 변하였다는 것을 실감할 수 있다.

필자는 자식을 엄하게만 키웠지 정은 주지 못했다. 직업상 자식들을 보기도 힘들었고, 아내나 자식들이 중한지도 몰랐다. 남들에게 내세울 만한 그릇이 아니라 생각하였고, 자식들도 귀여운 줄 몰랐다. 그렇지만 나쁜 길로 가는 것은 필자 얼굴에 먹칠을 하는 것이라 여겼기에 가정 교육만큼은 엄하게 하여 사람답게 인성을 키워 주려고 노심초사하였다. 아이들이 어렸을 때로 되돌릴 수 있다면 엄한 교육에 비례하여 사랑도 주었을 것이다. 지금 와서 지난날을 돌이켜 보니 하나만 알고 둘은 몰라서 좋은 아버지가 되지 못했다. 자책과 한탄이 절로 나오지만, 이제 와 후회한들 무슨 소용이 있겠는가. 그래도 위안이 되는 것은 범죄에 빠지지 않고 열심히 사회생활을 잘하고 있는 것에 만족을 느끼지만, 부자지간에 정은 없다. 부모 될 사람을 가려서 태어날 수 있다면 필자는 선친을 택하지도 않았을 것이고, 나의 자식들도 필자를 선택하지 않았을 것이다. 뿌린 대로 거둔다고 하였다. 나는 사랑을 주지 않았는데 바라는 것은 모순이라 생각한다. 그러나 자식은 부모를 원망해도 부모는 마음속으로 자식을 걱정한다. 자식을 사랑하는 부모 마음은 소리 없이 흐르는 깊은 강물이다. 밥에 돌이 섞였다고 그 밥을 버릴 수 없는 것처럼, 내 자식이 잘못하였다고 영영 내칠 수는 없다. 내 자식이 남의 자식보다 잘되길 바라는 것은 우리 부모들의 한결같은 마음일 것이다.

교육의 왕도는 없지만 머리가 굵어진 자식에게 경험만큼 비중 높은 교육은 없다고 생각한다. 그렇지만 부모의 사고방식으로 아이들을 이해할 수 없는 경우가 허다하다. 그것은 아버지와 자식이 보는 안목이 틀리고 서 있는 경계가 다르기 때문이다. 우리들이 덕목으로 생각하고 실천하고 있는 일을 자식들은 중요하게 생각하지 않는다. 심지어 결혼할 생각도 안 하고, 결혼하여도 아이를 낳으려는 생각도 없는 것 같다. 우리의 사고방식과 완전히 다르지만, 부모의 사상을 강제로 주입할 방법이 없다. 우리의 사후에 자식이 선산을 어떻게 할지 의문스럽다. 그렇지만 어찌하겠는가. 자녀들이 관리하면 고마운 것이고, 방치한대도 어쩔 수 없다고 생각한다. 우리 세대는 우리 사고방식대로 살고, 자녀들은 자녀들 사고방식대로 사는 것이다. 부모라고 잘해 주지도 못했는데, 죽기 전에 우리가 할 수 있는 일은 해 놓고 할 수 없는 것은 포기를 하자. 그러면 마음이 편안할 것이다. 황혼 녘 이 나이에 무엇을 걱정하고 또 무엇을 바라겠는가. 죽고 나면 그만인 것을.

우리네 부모들은 못다 이룬 꿈을 자식에게 강요하는 경향이 있는데, 그러면 안 된다. 또한 우리의 운명을 자식에게 맡기지 말자. 부모가 요구하고 바라는 것은 지극히 보편적이지만 자식은 그렇게 생각하지 않는다. 내가 이루지 못한 것은 가슴에 안고 가자. 사람은 그 자리와 지위에 따라 대접을 달리 받는다는 것은 주지의 사실이지만, 내 자식의 그릇이 그것뿐이라면 기대를 접어야 한다. 아쉽지만 마음의 정리를 하자. 많은 것을 바라고 강요한다면 오히려 자식들의 마음속에 불만이 쌓일 것이다. 우리 늙은이들은 마음을 비우고 초연하게 살다가 어느 날 갑자기 떠나는 것이 제일 좋은 방법이다.

# 나의 희망 나이를 설정하라

이 세상의 모든 삼라만상은 효용이 소멸하는 날이 있다. 그 대상이 생명체를 가진 동식물이건 생명체가 없는 물체이건 간에 그 효용이 다하여 사라지는 날이 반드시 오는 것이다. 즉, 시작이 있으면 끝도 있다는 말이다. 그런데 우리 인간은 유한 생명체인데도 무한대로 살고 싶다는 욕망을 품고 있다. 조금이라도 더 살고 싶어 아득바득 발버둥을 치다가 어쩔 수 없이 죽는다. 그것도 참 추하게 죽는다는 생각이 들 정도로 삶에 대한 애착이 엄청나게 강하다. 생명체를 가진 모든 동식물이 죽지 않는다면 이 지구는 포화 상태가 되어서 자멸하고 말았을 것이다. 이 땅에 태어난 것도 원해서 태어난 것이 아니듯이, 죽는 것도 마찬가지다. 우리는 원하건 원하지 않건, 반드시 흙으로 돌아가는 것이다.

필자가 강조하고 싶은 말은 추하고 구질구질하게 죽음을 맞이하면 안 된다는 것이다. 성현이나 후대 사람들에게 존경받는 사람들은 그 죽음도 고귀하였다. 우리는 그러한 죽음은 본받지 못하더라도 우리 나름대로 기준을 설정하자. 유교에서는 고종명을 오복의 하나로 여겼기에 선하게 임종하라고 가르쳤다. 말년에 기약도 없이 투병 생활을 하는 사람도 있고, 치매에 걸려 사람다운 대접을 받지 못하는 가엾은 사람도 있다. 또한 범죄를 저질러서 주변 사람들에게 손가락질받고 하루하루를 지옥처럼 사는 사람 등 우리의 인생 말로가 가지각색이다. 물론 사람의 사고방식은 보는 관점과 위치에 따라 각각 다르겠지만, 죽는다는 것은 이 세상 누구에게나 공평하게 주어졌다.

필자가 어렸을 때 우리 동네 어르신들의 나이가 고희를 넘긴 사람은 한 사람뿐이었다. 구정 때 세배를 가면 백수를 누려야지 말씀하셨는데, 그때는 그 말의 뜻을 몰랐다. 그저 오래 산다는 말이겠지 생각하였는데, 나중에 알고 보니 백수가 99살을 가리키는 것이었다. 사람이 건강한 몸으로 오래도록 살 수 있다면 얼마나 좋겠는가. 그러나 그런 바람은 인간의 희망 사항일 뿐이다. 아내나 나의 주변을 둘러보면 지인들이 많이 죽었을 것이다. 젊었을 적에 죽은 사람도 있고, 최근 몇 년 동안에 죽은 사람도 있을 것이다. 그렇다. 사람은 태어나서 언젠가는 죽는다. 다만 좀 이르게 올 수도 있고, 좀 늦게 올 수도 있는 것이다. 우리는 그것을 자연스럽게 받아들여야 한다. 사람이 한평생 살아가는 것이 꼭 생로병사대로 되지 않기에 죽음도 종잡을 수 없다. 특히 우리 노인들의 죽음은 한 치 앞도 내다보지 못한다. 즉, 바람 앞의 등불처럼 언제 꺼질지 알 수가 없기에 어느 때라도 웃으면서 담담하게 맞이할 수 있도록 마음의 준비를 하고 있어야 한다.

필자는 추하게 죽지 않으려고 나름대로 희망 나이를 설정하였다. 또한 불치병이나 치매가 걸렸을 경우는 연명 치료를 하지 말라는 등 구체적으로 어떻게 조치해 달라고 아내나 자식에게 당부해 놓았다. 동갑내기 친구는 천수를 누리겠다고 큰소리쳐서 필자가 핀잔을 주었다. 그래서 적당한 나이를 설정하였고, 그보다 건강하게 오래 산다면 덤이라고 생각한다. 내가 원하지 않았지만 이 세상에 왔기에 방랑자처럼 머물다 가는 삶이다. 조금 더 살다 가면 어떻고, 조금 일찍 간다고 한들 누가 시비할 사람이 있겠는가. 미련을 버리는 것. 체념하고 순응해야 할 나이. 당신이나 우리 모두 이 나이에 무슨 큰 영화를 보겠다고 아등바등하면서 빛바랜 짓을 하겠는가. 사람은 사람으로부터 흠모와 존경을 받을 수 있다. 그것은 바로 내 언행이나 사고방식에 달려 있다. 또한 그것이 나의 삶이기도 하다. 하루 세 끼 중에 한 끼를 굶어도 크게 건강을 해치지는 않는다. 한 끼 굶어도 보람을 느끼고 사람답게 산다고 생각하면 저절로 활력소가 솟는다. 덤으로 살아가는 인생인데 뭐가 더 아쉽겠는가. 우리는 살 만큼 살았고 죽음을 예약한 사람인데, 천수를 누렸다고 생각한다면 행복한 것이다. 임종 때 추하게 죽지 않으며 손가락질받지 않을 것이고, 자식에게도 떳떳할 것이다. 우리의 의젓한 마음가짐이 많은 재산을 물려주는 것보다 더 소중하고, 자녀들이 오래오래 기억할 것이다.

당신은 삶이 끝나는 나이를 몇 살로 설정하였는가. 천수나 백수를 설정하였는가. 그렇게 생각하는 것도 좋지만 조금 짧게 설정한 후 더 살면 덤이라고 생각하는 것이 좋지 않겠나. 덤은 항상 기분이 좋은 것이니까. 필자는 오래 사는 것보다는 정신과 육체가 건강하게 사는 것이 좋다고 생각한다. 즉, 삶의 질을 우선시하고 싶다.

# 명경지수의 마음을 가져라

하늘은 모든 삼라만상을 소유하고 있지만 언제나 무소유로 텅 비어 있다. 그런데 우리는 나이가 들수록 욕심을 버리지 않는다. 젊었을 적에 그렇게 벌고 싶었던 돈이 뒤늦게 보인다. 일확천금을 벌 수 있는 길이 선명하게 머리에 떠오르는 것이다. 또한 천리안처럼 사물의 이치도 깨닫게 되고, 뭘 하건 간에 성공할 것 같은 기분이 든다. 하지만 너무 늦었다. 그런 기분이 드는 것은 횃불에 날아드는 불나방과 같다. 젊었을 때 이루었어야 하는 부귀영화의 꿈을 때늦게 바란다는 것은 패가망신의 징조다. 종착역이 가까워져 언제 어느 때 유명을 달리한다고 생각하여도 아깝지 않을 나이에 돈을 많이 번들 무슨 소용이 있으랴. 내 삶에 없는 돈복 바라지 마라. 괜히 탐욕을 부리다가 현재의 행복마저 잃는다면 설 자리가 없을 것이다. 비록 우리가 나이를 먹었지만, 세상을 배우고 사람을 배운다는 그런 차분한 마음으로 노후를 즐긴다면 남은 인생 헛되지는 않으리라.

　우리 인간에게 가장 이기기 힘든 적은 남이 아닌 바로 자기 자신이다. 자신을 이기고 마음을 컨트롤한다는 것은 정말 힘겨운 싸움이 아닐 수 없다. 인간에게는 오욕칠정이 있으므로 스스로 마음을 다스리고 비운다는 것은 참으로 지난하다. 성현의 언행을 따라야 마음의 위안이 되고 행복의 지름길로 접어들겠지만, 장삼이사에게는 말처럼 쉽지 않다. 우리 인생은 자의 반 타의 반으로 살아왔고, 현재도 진행형이다. 세상에 태어난 것도 타의요, 오늘까지 살아온 것도 그렇다. 우리는 바라는 것이 많았지만 대부분 그 꿈을 접었고, 어쩔 수 없이 세상과 타협하면서 살아왔다.

　세상에서 가장 변화가 많은 것은 하늘도 아니요, 바다도 아니요, 구름도 아니다, 그것은 바로 사람 마음이다. 그 마음을 티 없이 맑게 가져야 노후가 편안하다. 우리는 왕복 차표를 받지 못하였다. 즉, 편도 일회용 삶이다. 우리는 인생의 황혼 열차를 향해 질주하고 있다. 우리는 그 열차를 기다리는 대열의 몇 번째 줄에 서려는지 모르겠다. 가지 않을 수 없는 길인데…. 해 지고 어두워지면 집에 돌아가듯 자연스러워야 하는데, 괜히 눈물이 나는 것은 세상의 미련 때문일까. 서글픔이 들어서일까.

　뒤돌아보면 언제 이렇게 달려왔는지 실감이 나지 않는다. 돌아갈 수 없는 길을 너무 멀리 왔기에 울적한 마음이 드는 것은 필자 혼자만의 생각일까? 나의 생명이 나 자신에게는 더없이 소중한 것이어서 쉽게 놓고 싶지 않지만 어쩔 수 없는 것. 가족이나 친구 등 그 어떤 사람도 대신할 수 없는 일이기에 초연하게 마음을 비워야 한다.

지금까지 쉬지 않고 숨 가쁘게 살아온 인생, 지금도 우리의 영혼은 안식처를 향해 쉼 없이 달려가고 있다. 이젠 가슴속에 있던 모든 짐 내려놓고 편안한 마음으로 준비하자. 원점으로 돌아가는 길목에서 뒤돌아보니 세월의 부대낌에 어쩔 수 없이 궂은일을 할 때도 있었고, 가슴도 아팠을 것이다. 그렇지만 행복하게 웃을 때도 있지 않았는가. 이젠 희로애락이 묻어 있는 지난날을 잊자. 우리가 살아가는 한세월이 긴 것 같지만 실제로는 그렇지 않은 것 같다. 지나온 삶이 너무나 짧게 느껴진다. 세월의 연륜이 쌓이다 보면 우리 늙은이들은 바람 같아 언제라도 흔적 없이 사라질 수 있다는 것을 알아야 한다. 가족과 추하게 이별하지 말자. 고집과 신념은 종이 한 장 차이지만, 미련이나 집착은 우리를 비참하게 만들고, 나락의 구렁텅이로 몰아 넣는다. 젊은 날에는 가족을 건사하려고 피눈물 흘리면서 고생하였지만 이젠 지킬 것도 없다. 아니, 손에 쥐고 있던 것도 내려놔야 할 때가 온 것이다.

그리고 바라는 것이 있으면 훌훌 털어서 바람결에 날려 버리자. 이젠 모든 짐을 내려놓고 잠깐이나마 유유자적 살다가 편안하게 가면 된다. 자식에게 많은 돈을 물려주려고 궁상떨지 말자. 부동산이 있으면 처분해서 조금은 여유롭게 살다 가도 된다. 현재보다 더 어려운 시절이 있었을 것이다. 얼마 남지 않은 삶, 그 시절을 생각하면 현재의 내 삶은 궁전에 산다고 생각하라. 생로병사는 우리 인간에게 축복처럼 내린다고 생각하자. 아니, 모든 만물에 차별을 두지 않기에 공평하다고 생각하면 된다. 떠날 때가 되면 누구나 돌아가는 것. 조금 일찍 죽고 조금 뒤에 죽는 것이지 죽음과 싸워서 이긴 사람은 유사 이래 아무도 없다. 생에 대한 미련을 버리면 마음이 편안하다. 우리가 죽고 난 후라도 생각나는 사람, 그리워지는 그런 사람이 되자. 우리는 지인이나 타인의 죽음을 수없이 들었고, 접했다. 그러나 강 건너 불구경하듯 그렇게 실감이 나지 않았는데, 내가 죽는다는 것을 생각하니 조금은 아쉽다는 생각이 든다. 그러나 어찌하겠는가. 운명은 거역할 수 없고 인연이 다하면 한 줌 흙으로 돌아가는 것. 어깨에 짊어진 무거운 짐 내려놓았으니 차분하게 기다리자. 더 좋은 환경, 더 좋은 세상에 환생을 꿈꾸면서….